시집보내는 아우에게

꽃 달고 살아남기

최영희 장편소설

창비

차 례

프롤로그

보이저 1호가 태양계를 벗어나 성간 여행을 시작한 지도 몇 해가 지났다. 핵연료가 바닥나지 않는 한 보이저 1호는 시간당 6만 킬로미터씩 태양에서 멀어진다. 암흑 물질을 헤치며 아득한 우주로 나아갈 뿐 절대 되돌아오지 않는다. 언젠가 물리 시간에 주워들은 이야기가 진주 하동 간 2번 국도에서 문득 떠오른 것은 돌아오지 않는다는 그 사실 때문이다.

보이저 1호가 제 이름처럼 먼 우주를 항해하는 사이 나는 낡아빠진 시외버스를 타고 이 하릴없는 귀향의 의미를 곱씹고 있다. 나는 왜 또 감진 마을로 돌아가는가…….

버스는 마을마다 꼬박꼬박 멈추며 사람들을 태웠다. 대부분은

완사, 다솔사, 곤양 등지의 장에 다녀오는 노인들이다. 곤양을 지나자 통로에도 사람이 차기 시작했다. 큼지막한 대야를 옆구리에 낀 할머니가 내 옆에 섰다. 허리가 반쯤 굽은 할머니였다. 자리를 양보하려고 일어서는데 할머니가 내 팔을 눌렀다.

"앉아 있어라, 고마."

할머니는 내가 뭐라 대답할 새도 없이 좌석 팔걸이에 툭 걸터앉았다.

붉은 플라스틱 대야가 어깨에 닿는 통에 나는 자꾸만 옆에 앉은 승객에게로 떠밀렸다. 대야 안에는 생닭 발목이 비어져 나온 봉지도 있었고, 알록달록한 옷들도 담겨 있었다.

"학교 갔다 오는갑네. 여고 댕기나?"

할머니가 물었다.

"네."

"집이 어데고?"

"감진 마을요."

"아, 감진. 내 잘 알지. 저짝 큰 산모퉁이 돌아가믄 있는 동네, 맞제?"

할머니가 그리 말한 데는 이유가 있다. 2번 국도는 꼬불탕꼬불탕 굽은 길 천지였지만 감진 마을 앞 산모퉁이를 도는 길은 유난히 길고 깊었다. 그 모퉁이를 두고 어른들은 산이 딴생각하다 걸어나온 형상이라 했고, 몇 안 되는 이웃 마을 아이들은 결계라 불렀다. 온갖 운발을 막아 내는 가공할 결계! 그래서 그 산모퉁이 너머 마을과 학교에서는 일 년 열두 달 재수 없는 일만 일어난다고들 했다.

"그라믄 느 옴마 아부지가 뉘고? 내 알기로 감진 마을 토백이들은 내 같은 노인네들뿐인데, 혹시 느 옴마 아부지 객지에서 왔드나? 도시서 일하다가 농사지을라꼬 내리온 거 맞제?"

할머니는 내 프로필을 완성하기 직전이었다. 2번 국도 변 노인들 세계에선 페이스북도 필요 없다. 한 다리 건너면 다 아는 사이인 데다 누구 하나 걸리면 신상을 터는 솜씨가 네티즌 수사대를 능가한다. 나는 낯선 할머니한테 엄마 아빠 얘길 하고 싶지 않아서 팔짱을 끼고 눈을 감아 버렸다.

"아가, 자나? 공부하는 아라 잠이 모지란가 배."

할머니는 슬며시 내 어깨를 흔들어 보다가 이내 잠잠해졌다.

버스 기사가 틀어 놓은 뽕짝 메들리가 이어지는 사이, 버스는 다시 한산해졌다. 내 팔걸이에 앉았던 할머니도 주유소가 있는 마을에서 내렸다. 버스는 샛강들과 만났다 헤어지며 계속 달렸다.

몸이 한쪽으로 쏠리는가 싶더니 버스가 한참이나 산자락을 끼고 돌았다. 감진 마을 결계에 다다른 것이다. 나는 늘 그러듯 버스가 산모퉁이를 돌자마자, 원래 내려야 하는 곳보다 한 정류장 앞에서 내렸다. 결계를 뚫고 들어선 이상 감진 마을에 맞춤한 인간으로 변신해야 했고, 그러려면 시간이 필요했다. 종아리로 모기가 달려드는 농로를 따라 걸으며 머릿속을 정리했다. 감진 마을의 상식이며 시간 감각과 결합하기 어려운 데이터들을 구석으로 치워 놓는 거다. 멀더 추종자 인애, 잠들기 전에 꼭 챙겨 보던 요일별 웹툰, 진주 지하상가 옷집에서 사려다 만 반바지까지 모두 다.

감진 마을 앞에 섰다. 마을 초입의 정자나무와 그 아래 평상을 보니 내가 이곳으로 다시 올 수밖에 없는 이유를 알 것 같다. 나는 아직 감진 마을의 궤도와 중력을 벗어나지 못한 것이다. 이 마을의 중력은 여전히 거세게 나를 잡아당기고 있었다.

나는 서쪽 하늘에서 끈덕지게 버티고 있는 해를 등지고서, 전 장군의 무용담과 여든을 향해 가는 엄마가 있는 고향 마을로 뛰어들었다.

1장 진실의 화소

새빨갛고 둥그런 보름달의 빛이……
벽의 갈라진 틈 사이로 밝게 비치고 있었다.
—에드거 앨런 포 「어셔가의 몰락」 중에서

1

엄마의 젖가슴이 배꼽 선에 닿을락 말락 한다. 지난번에 봤을 때보다 분명 더 처졌다.

"냉장고 티고 나발이고 소용도 없다. 홀딱 벗으믄 좀 시원할랑가."

웃통을 다 벗은 엄마는 선풍기를 자기 앞으로 끌어갔다.

강분년. 올해 나이 일흔여섯. 우리 엄마다. 집에서는 세미누드 화보라도 찍을 기세지만 대문 밖을 나설 일이 생기면 '늙을수록 주디가 빨개야 돼!'라는 기치하에 와인색 립스틱을 꼭 챙겨 바르는 감진 마을 미모 담당이다.

"참말로 저녁 묵고 왔나?"

"어."

가만가만 엄마의 젖가슴을 만지며 엄마와 나의 숫자들을 세어 보았다. 흔히들 백 세 시대라고 하니까 엄마가 백 살까지 산다 치면 앞으로 엄마와 나에겐 스물네 해가 남은 셈이다. 하지만 이태 전에 여든의 나이로 돌아가신 아빠를 생각해 보면 백 세 시대라는 말도 맹신하긴 어렵다. 따라서 그다지 내키진 않지만 스물네 해라는 계산에는 조건이 붙어야 한다. 잘하면…… 우린 잘하면 이십사 년쯤 더 볼 사이다.

전화가 왔다.

"그러잖아도 수박 반 통 잘라서 들리 보낼라 했십니더. 쪼매만 기다리이소."

엄마 말만 들어도 어떤 상황인지 알 만하다. 마을 어귀 평상으로 날 내보내라는 전갈이다.

"꼭 가야 되나?"

나는 텔레비전 채널을 돌렸다. 미스터리 마니아 인애가 좋아할 만한 미국 범죄 수사물이 한창 방영 중이다. 미간에 주름이 깊게 팬 배우가 사건 현장을 골똘히 응시하고 있다. 하지만 엄마는 리모컨을 확 낚아채서 아침 드라마 재방송을 틀었다. 잠시 잊고 있었다. 여긴 감진 마을이다. 막장 아침 드라마를 저녁에도 볼 수 있는 이 동네에 과학 수사대 따위가 설 자리는 없었다. 제아무리 마이애미의 강력 범죄 사건들을 쥐락펴락하는 CSI 호라시오 반장이라

14

해도 출생의 비밀을 품은 아침 드라마의 재벌 2세 앞에선 맥을 못 춘다.

"그라믄 안 갈라 했드나? 니 방학한 거 노인들이 다 아는데 벨수 있나?"

엄마는 부엌에 나가서 금세 수박을 썰어 왔다.

"갖고 가 봐라."

"내가 이래서 촌에 오기 싫다. 도시에서는 고2라 하면 일가친척들도 안 건드린다는데, 내는 동네 할매 할배들한테 불리 다니고, 이기 뭐꼬?"

"고마 좋게 생각하래도 그런다. 이기 다 니가 귀해서 안 그러나?"

"거 가서 내가 뭐 하는데? 할매 할배들 전두환이 얘기하는 데 낄까? 아니믄 민화투라도 같이 칠까?"

"아따, 가시나, 말 많네. 벨수 없는 일은 고마 눈 꾹 감고 넘어가는 기다. 뭐, 어데 하루 이틀 일이가? 할매 할배들이 니 볼 기라고 저래 기다리 샀는데 우짤 기고. 퍼뜩 댕기오이라."

엄마는 기어이 내 등을 떠밀었다. 어쩔 수 없는 일이란 건 나도 안다. 기억하기로는 네다섯 살 무렵에도 나는 이미 이러고 있었으니까. 당시 감진 마을 최고령자였던 박씨 할아버지는 초저녁만 되면 평상에 나앉아 나를 찾았다. 엄마가 나를 평상 가장자리에 앉혀 두면 박씨 할아버지는 뼈만 남아 핏줄이 툭툭 불거진 손으로 평상

바닥을 두드리며 말했다.

"여 가까이 좀 데리다 놔라."

박씨 할아버지가 언제 돌아가셨는지는 모르겠다. 다만 박씨 할아버지의 뒤를 이어 최고령자 자리를 물려받은 공씨 할머니도 똑같았다는 것은 안다.

"쪼매난 거 데꼬 왔나? 어데 좀 보자. 여 가까이 좀 데리다 놔라. 아가, 니 노래나 한 자락 해 봐라."

공씨 할머니가 세상을 떠난 뒤에도 비슷비슷한 연배의 노인들이 수두룩했고 나는 저녁마다 불려 나갔다.

감진 마을의 하나뿐인 어린애로 산다는 건 마을 이장만큼이나 피곤한 잡무의 연속이었다. 노인들이 했던 이야기를 하고 또 하는 동안 나는 오도카니 앉아서 앞산 마루를 바라보거나 조막만 한 손을 뻗어 주전부리를 집어 먹곤 했다.

꼬맹이 적에는 어리니까 그랬다 치고, 지금 나는 고등학교 2학년이며 마을의 웬만한 노인들보다 키가 크다. 덩치만 큰 게 아니라 머리도 굵어져서, 교과서적인 문장으로 감진 마을의 현실을 진단할 줄도 안다. 2번 국도 변 감진 마을은 농촌 고령화로 노동 인구 감소를 극심하게 겪는, 한마디로 답이 안 나오는 동네다! 어린애는 태어나지 않고 젊은이들은 도시로 떠나 버리고 백발노인들만 남은 곳이다. 이렇듯 겉모습이나 사고력이나 얼추 어른에 가까워진 나지만 감진 마을 노인들 눈에는 여전히 어린애로 보이는 모양이다.

수박 쟁반을 들고 마을 어귀 평상으로 갔다.

"아이고, 진아 왔드나?"

"가시나, 키 큰 거 봐라."

"하이고야, 훤칠한 게 똑 장승같네."

약국 할아버지와 감진 상회 할머니를 시작으로 다른 노인들도 떠들썩하게 나를 맞았다.

"하숙집 옮깄다믄서? 새집은 좀 괜찮드나?"

"이번 하숙집은 반찬이 좀 괜찮아야 할 긴데. 한창 크는 아한테 묵는 거보다 중요헌 게 어딨다고."

그제야 하숙집을 옮기면서 엄마에게 반찬 평계를 댄 게 떠올랐다. 여하튼 노인들은 내가 최근에 하숙집을 옮긴 사실부터 그 이유까지, 내 근황을 죄 꿰고 있었다. 노인들의 탐문과 엄마의 자백으로 취합된 정보일 터였다. 고등학교가 있는 진주에 나가 살아도 나는 일 년 열두 달 노인들 손바닥 안에 있다. 감진 마을 사람들은 모두 나에 대한 정보를 공유했다. 초등학교 때는 학교에서 누구랑 짝인지, 공은 잘 차는지, 중학교 때는 생리를 언제 시작했는지, 감진 마을로 날 만나러 왔던 그 '오독오독 씹어 묵어도 시원찮을 개 상놈의 후레자식'은 똑 떼어 냈는지 등 나에 관한 한 비밀은 없었다.

이건 내 인생이 초장부터 된통 까발려진 탓이다. 공공연하게 입에 오르내리는 법은 없지만 노인들은 내가 어떻게 감진 마을 아이가 되었는지 모두 기억하고 있다. 꼬질꼬질한 포대기에 싸인 핏덩이가 박도열, 강분년 부부의 집 대문 앞에 뉘어 있던 그 밤을 다들 잊지 않은 거다. 결혼한 지 사십 년이 넘었지만 끝내 자식을 낳지 못한 부부의 집 앞이었기에, 마을 사람들은 아기가 제대로 찾아왔다고들 했다. 노인들이 나를 평상에 불러내 재롱을 보자고 하는 것도, 그때마다 엄마가 군소리 없이 나를 어른들 틈에 데려다 놓는 것도 그 때문이었다. 나는 박도열, 강분년 부부의 딸이었지만 감진 마을 모두의 업둥이기도 했던 것이다.

노인들은 수박을 먹고 트림을 하고 누군가가 내온 매실주를 나눠 마셨다. 부추전이 등장하고, 여기저기서 혀 꼬부라진 소리가 들리는가 싶더니 마침내 약국 할아버지의 전 장군 방언이 시작되었다. 전 장군이 폭도들을 어떻게 때려잡았는지, 간악한 모지리들을 싹 다 교육대로 끌고 간 덕에 세상이 얼마나 안전하고 살기 좋았는지 역설했다. 약국 할아버지가 했던 말을 하고 또 하는 사이, 순천댁 할머니가 슬그머니 육자배기를 부르기 시작했다. 전 장군과 동향이라는 게 인생 최고의 자부심인 합천댁 할머니가 순천댁 할머니에게 타박을 놓았다.

"헹님은 누가 전 장군 얘기만 꺼내믄 육자배기로 초를 칩디다. 전라도에서 시집온 거 티 냅니꺼?"

순천댁 할머니의 육자배기가 뚝 그쳤다.

"오매, 썩을. 여그서 전라도 으쩌고가 왜 나온디야? 노래 쬐깐 불렀다코 눈구녁까정 흡뜨고, 이기 무슨 벱이여?"

합천댁 할머니를 노려보던 순천댁 할머니의 눈길이 다른 노인들에게로 뻗쳐 나갔다.

"끈뜻하믄 전라도 전라도, 내 나이도 낼모레믄 팔십인디 이라고 괄시를 당함시로 으치코 산다요?"

왜 전 장군이 아직도 감진 마을에선 영웅으로 통하는지, 왜 순천댁 할머니는 육자배기를 끝까지 부르지 못하는지 물어선 안 되었다. 나는 공연히 나한테까지 불똥이 튀기 전에 슬그머니 평상에서 내려왔다. 이러다 순천댁 할머니와 합천댁 할머니 사이에서 또 사달이 날지 모른다. 언젠가 두 사람은 전라도 음식이 맛있냐, 경상도 음식이 맛있냐 하며 내 생각을 물은 적이 있었다. 순천댁 할머니는 경상도 음식은 맛대가리도 멋대가리도 없다 했고, 합천댁 할머니는 전라도 음식은 소금 소태에 구린내가 난다 했다. 그 와중에 나한테 하나를 고르라는 건 칼에 죽을래, 창에 죽을래 하고 묻는 것과 다를 바 없었다. 사실 내 입맛엔 양쪽 다 별로고, 라면이 최고다. 하지만 나는 두 사람의 질문이 단순히 음식 맛에 관련된 게 아님을 직감했으므로 입을 꾹 다물었다.

조용히 샌들을 꿰신고 정자나무를 돌아 평상 반대쪽 그늘로 왔다. 맘 같아선 당장 집에 가고 싶지만 수박 쟁반을 챙겨 가야 하기에 노인들이 자리를 파하기만을 기다렸다.

"와들 그랍니꺼? 마, 지난 일은 다 읎던 걸로 치고 좋게 좋게 넘어가입시더."

이장 할아버지가 상황을 눙치고 나섰다. 좋게 좋게……. 누군가의 말문을 틀어막기에 그보다 효과적인 표현은 없을 것이다. 이장할아버지는 순천댁 할머니의 설움이 다시 북받치기 전에 얼른 화제를 돌렸다.

"그건 그라고 진아 말입니더."

노인들은 내가 집에 간 줄 아는 모양이었다.

"요새 얼굴이 꽃년이 쪼매 닮은 거 안 같십니꺼? 아까 쌔액 웃음시로 오는데 꼭 꽃년이 젊었을 때 같애서 깜짝 놀랬십니더."

"니 눈에도 그리 보이드나? 내도 말은 몬허고, 속으로 참말 희한타 하고 있었다 아이가."

꽃년이라면 나도 들어 본 이름이다. 이 근방 아이들이라면 누구나 꽃년이 얘길 들으며 자라니까. 너, 공부 안 하면 나중에 꽃년이된다! 자꾸 말 안 들으면 꽃년이한테 장가보낸다! 일면식도 없는 꽃년이지만 아이들은 꽤나 그 이름에 익숙했다. 하지만 꽃년이가실존 인물인 줄은 몰랐다. 그저 망태 할아범처럼 어른들의 협박성 수사에 등장하는 인물이려니 했다.

"요새는 어디 있다던고?"

"한동안 안 비다가 저번에 누가 곤양 장에 갔다가 봤다 하데예."

얘기가 여기서 그쳤다면 나도 별 관심을 두지 않았을 것이다. 내 얼굴이 꽃년이를 닮았다 한들 뭔 대수랴. 세상에 닮은 사람은 쌔고

쌨는데. 하지만 약국 할아버지의 마지막 말이 날 잡아챘다.

"그나저나 하늘이 두 짝 나도 진아 앞에서는 입도 벙긋해선 안
될 기다."

2

엄마 아빠를 엄마 아빠로 만든 건 우연이었다.

지저분한 포대기에 싸인 아기를 얼결에 안아 든 엄마와 아빠는 뭘 어찌해야 할지 몰랐다. 다 늙도록 자식을 안아 보지 못한 부부 였기에, 동네 사람들은 무작정 아기를 키우라고 했다. 업둥이를 구 경하느라 안방과 거실을 가득 채웠던 사람들이 빠져나가자, 엄마 는 나를 안방 요 위에 눕혔다.

환갑을 바라보는 강분년 씨와 환갑을 벌써 넘긴 박도열 씨는, 아 직 흐릿하기만 한 시야 속 세상과 끔적끔적 눈을 맞추는 아기를 내려다보았다. 둘은 아이에게 자신들을 어떻게 소개해야 할지 고 민하는 중이었다.

'아가, 할매 할배랑 살자.' 이러자니 자식 하나 못 낳은 처지에 할매 할배로 직행하는 것 같아 억울한 감이 없잖아 있었다. 그렇다고 '아가, 옴마 아빠랑 살자.' 이러자니 아기 편에서 뭔가 억울해할 것 같았다. 이러지도 못하고 저러지도 못하고 아가, 아가 부르고만 있는데 갑자기 아기가 울어 젖혔다. 당황한 강분년 씨는 아기를 얼른 품에 안으며 말했다.

"아가, 옴마랑 맘마 묵으까?"

그 말과 더불어 강분년, 박도열 부부는 나의 엄마 아빠가 되었다. 우연히…….

엄마는 지금도 내 엄마가 된 걸 태어나서 가장 잘한 일이라고 말한다.

"그때 할매랑 맘마 묵자고 실언을 했으믄 우짤 뻔했네? 니는 졸지에 옴마 아빠가 읎는 아가 됐을 기다."

감진 마을 사람들은 합천으로 당일치기 여행을 떠났다. 도시 사람들로 치면 여름휴가인 셈이다. 행선지가 전 장군의 고향 합천으로 정해진 건 그의 열혈 팬 약국 할아버지와 합천댁 할머니의 영향력 때문인 모양이다. 그럼에도 순천댁 할머니는 꿋꿋하게 따라나섰다. 하긴, 순천댁 할머니라면 합천 복판에서도 육자배기를 부를 수 있을 터였다.

엄마는 나를 핑계로 여행에서 빠졌다. 엄마 또래 할머니들도 많지만, 엄마는 늙은 할망구들이랑은 말이 안 통해서 같이 놀기 싫다 했다. 엄마는 자신을 고등학생 학부모로 생각했다. 사실 팔뚝의 검버섯만 아니면 엄마는 그럭저럭 육십 대로도 보이고, 어둑어둑한 저녁나절에는 오십 대로도 보였다.

마침 면사무소가 있는 윗마을에서 오일장이 서는 날이었다. 엄마는 장에 갈 채비를 했다. 호피 무늬 통치마를 입고 와인색 립스틱을 바른 엄마가 물었다.

"옴마 우떻노? 예쁘나?"

"어."

나는 며칠째 입 속에서 굴리고 있던 말을 조심스레 내뱉었다.

"엄마, 꽃년이 본 적 있나?"

"꽃년이? 한 십 년 전까지는 옥종 장날마다 본 것 같은데 요새 들어 통 안 비더라. 그란데 꽃년이는 와?"

그 말에 아직 대꾸할 말이 없었다. 꽃년이를 궁금해하는 이유가 무엇인지 나조차 제대로 정리되지 않았기 때문이다. 엄마는 떡볶이 떡을 사 오겠다는 말을 남기고 장에 갔다.

텔레비전 채널을 이리저리 돌리고 있는데 멀리 감진 상회 변칠이가 우우우우 짖었다. 지금부터 저랑 나랑 둘이서 감진 마을을 지켜야 된다는 듯 목청을 높였다.

신우가 찾아온 건 그때였다.

강신우. 중학교 때 날 만나러 동네에 왔다가 '개 상놈의 후레자식'이라는 욕을 듣고 쫓겨났던 그 애다. 몇 달 전에 진주 지하상가에서 마주쳤지만 제대로 알은체도 못 했다. 삼 년 사이 신우는 몰라보게 멀끔히 자라 있었다. 한때 개 상놈의 후레자식이라 불리던, 그 만만하기 짝이 없던 남자애가 절로 눈길이 가는 남신이 되어 돌아왔다는 사실을 받아들이기가 어려웠다. 머릿속이 뜨끈해지면서 아무나 붙잡고 예전 그 촌놈과 이 남신 사이의 괴리에 대해 설명 좀 해 달라고 떼를 쓰고 싶었다.

그런 신우가 연락도 없이 날 찾아온 것이다. 녀석은 지하상가에서 봤을 때보다 키가 더 커진 듯했고 얼굴도 어딘가 달라 보였다. 나니아 여행에서 돌아온 피터처럼 녀석의 매끈한 얼굴에는 제법 긴 인생을 살아 본 듯한 느낌이 있었다.

얕은 담을 사이에 두고서 신우를 불러들여야 할지, 내가 나가야 할지 고민했다.

"꼭 다시 한 번 묻고 싶었다. 그때 니 대답을 못 들었으니까."

신우가 담장에 바특하게 다가서서 말했다.

"다 관두고 내랑 도망 안 갈라나? 니도 이 동네 싫어한다 아이가? 니 사실 이 동네 사람도 아니라면서."

몇 해 전에도 녀석은 똑같은 말을 했다.

신우 아빠의 벽돌 공장이 망한 뒤 신우네 아빠는 어딘가로 잠적했고 엄마는 어떤 아저씨를 따라가 버렸다. 신우는 며칠 내리 결석

하다가 어느 날 저녁, 감진 마을로 나를 찾아왔다. 녀석은 전에 없이 말까지 더듬고 있었다. 오늘처럼 저렇게 한 손을 담장에 올리고서 더듬더듬 내뱉던 말도 함께 떠나자는 거였다.

사실 떠나자고 먼저 말을 꺼낸 건 나였다. 내 첫 생리일까지 마을 어른들이 공유한다는 걸 알아 버린 날, 정말 감진 마을에서 뛰쳐나가고 싶었다. 사육장의 구경거리 짐승이 된 것처럼 비참하고 불쾌해서 미쳐 버릴 것 같았다. 딸의 사생활을 지켜 주지 않는 엄마의 주책이 싫었고, 간섭인지 관심인지 모를 노인들의 눈길도 찜찜했다. 그래서 신우를 들볶았다. 녀석이 날 좋아한다는 소문은 익히 알고 있었다. 신우라면 내가 시키는 대로 할 것 같았다.

"니, 돈 가진 거 좀 있나? 우리 토낄까? 서울도 괜찮고 부산도 괜찮다. 이 동네만 아이면 다 된다."

그로부터 사흘 뒤 신우가 감진 마을에 나타난 것이다.

번갯불에 콩 볶아 먹듯 엄마 아빠가 획획 떠나 버리자 신우도 나 말고는 찾을 사람이 없었던 모양이다. 하지만 나는 선뜻 신우를 따라나서지 못했다. 신우는 자기 엄마가 남겨 주고 간 생활비를 내게 보여 주었다. 달달 떨리는 녀석의 손안에 만 원짜리가 수북했다. 신우를 못 믿은 것도, 돈이 부족해 보인 것도 아니었는데 뭔가가 날 잡아끌었다. 골다공증으로 다리를 저는 엄마 같기도 하고, 머리가 아프다며 몇 번이나 뇌 사진을 찍은 아빠 같기도 한, 내가 차마 버릴 수 없는 것들이 다리에 마구 엉겨 붙었다. 내가 대답을 못 하고 뭉그적거리는 사이 옆집 할아버지가 신우를 보고 말았다.

"이런 오독오독 씹어 묵어도 시원찮을 개 상놈의 후레자식을 봤나! 어데 남의 집 귀한 딸을 넘어다보고 그라나?"

신우는 구정물을 뒤집어쓴 채 내쫓겼다. 젖은 교복을 털며 달아나던 신우는 며칠 후 전학을 갔다는 소식과 함께 내 인생에서 지워졌다. 그랬던 신우가 삼 년 만에 돌아온 것이다.

"내하고 안 갈라나?"

담장 너머 녀석이 재차 물었다.

얕은 담장 위에 얹힌 녀석의 손이 꾀죄죄했다. 손톱 밑에 까맣게 때가 끼어 있었다. 키는 내가 고개를 젖히고 올려다봐야 할 만큼 커졌는데도 녀석의 손은 어쩐지 그때 그대로였다.

"야, 갑자기 나타나서 그렇게 물어 싸면 내가 뭐라 답해야 하는데?"

"눈에는 내가 멋있어 죽겠다고 다 쓰여 있는데, 머릿속으로 또 짱돌 굴리는 게 그때랑 똑같다, 니."

신우가 웃었다.

심장이 쿵 했다. 한 방 맞은 기분이었다. 내 의중을 간파당해서가 아니라 예상치 못한 시점에서 녀석이 톡 하고 웃어 버렸기 때문이다. 잘생긴 것들은 때와 장소를 가려서 웃어야 한다. 안 그러면 애꿎게 마주 선 사람의 심장에 심각한 통증을 유발하는 수가 있다.

신우를 놓치고 살았던 삼 년이 주마등처럼 스쳐 지나갔다. 나는 신우가 언제 저렇게 부쩍 컸는지, 까무잡잡하고 여자애 같던 녀석이 어떻게 구릿빛의 미소년으로 바뀌었는지 보지 못했다. 신우가 남자가 돼 가는 사이, 신우네 집은 어떻게 되었을까? 잃어버린 삼 년이 새삼 억울했고 한편으론 가슴 아팠다.

"니도 알겠지만 우리 엄마 팔십을 바라보는 노인이다. 내일 당장 풍을 맞고 주저앉아도 이상할 게 없는 나이다. 내는…… 떠나고 싶어도 말뿐이다. 그러니까 니 말대로 그때나 지금이나 내는 똑같다. 믿을 만한 여자가 못 된다, 내는."

나로선 어쩔 수가 없었다. 그렇다고 내 탓만은 아니다. 사귀자거나 같이 영화를 보자거나 남강 변에서 자전거를 타자거나 얼마든지 내가 들어줄 수 있는 일들이 있는데 녀석은 매번 같이 달아나자 했다.

"그럴 줄 알았다."

녀석은 담장 위에 얹어 두었던 손을 거둬들였다.

그때 옆집에서 뭔가 툭 떨어지는 소리가 났다. 길고양이가 무슨 바구니라도 건드린 모양이었다. 신우가 담장을 훌쩍 뛰어넘어 마당으로 들어왔다. 삼 년 전 물벼락의 학습 효과였다.

가족도 아니고 남자 친구도 아닌 애랑, 하다못해 택배 아저씨도 아닌 애랑 같은 마당에 서 있으려니 어딘지 좀 애매한 느낌이 들었다. 상황을 한마디로 정의할 수는 없는데, 심장은 말도 못하게 빨리 뛰었다.

"동네에 아무도 없다."

말을 뱉자마자 내 머리털을 마구 쥐어뜯고 싶었다. 원래 하려던 말은 옆집 할아버지가 여행 갔으니까 물벼락 걱정은 하지 않아도 된다는 거였는데, 잘못 들으면 우릴 방해할 사람은 아무도 없다는 말 같았다.

가겟집 변칠이가 다시 우우우우 짖었다. 감진 상회 할머니 말로는 변칠이 윗대 윗대 조상이 유명한 늑대견이라 했다. 그래서인지 변칠이는 까만 주둥이에 탁 접힌 두 귀, 누렁누렁한 몸통 등 생긴 꼴은 똥개여도 짖는 소리만큼은 늑대 같았다. 변칠이 짖는 소리가 잦아들 무렵 나는 신우의 심장 소리를 듣고 있었다. 땀 냄새와 마른빨래 냄새가 뒤섞인 포옹이었다. 왜 우리가 서로를 안고 있는지, 왜 나는 떡볶이 한 번 같이 먹은 적 없는 강신우를 거부하지 않는지 해명해야 할 일들이 차고 넘쳤다. 하지만 두근두근 신우의 심장 소리는 이 포옹이 언제고 한 번은 필요한 것이었다고 말해 주고 있었다. 어쩌면 신우를 만나기 전부터, 기억조차 까마득한 아기였을 때부터 나는 한여름 뙤약볕보다 뜨거운 격려를 기대했는지도 모른다. 강분년 씨가 포대기에 싸인 아기를 안아 어르며 "아가, 옴마랑 맘마 묵으까?"라고 했을 때, 사실 나는 배가 고팠던 게 아닌지도 모른다. 나는 묻고 싶었다. 나는 어디에서 어디를 거쳐 이곳까지 왔느냐고. 내 인생에서 지워진 사람은 누구냐고. 나 역시 그 사람 인생에서 지워졌느냐고. 내가 지금 말도 못하게 갑갑하고 서러우니까 날 좀 안아 달라고, 쨍한 볕처럼 뜨겁게 안아 달라고…….

신우가 내 등을 토닥였다. 신우는 어떨까? 나의 포옹이 신우에겐 어떤 의미이며 역사일까?

"좀만 기다리 주면 안 되나? 한 이 년 정도. 그러면 달아나지 않고도 떠날 수 있다. 그때까지만 기다리 주라."

지금은 내 일거수일투족이 모조리 감진 마을에 보고되지만 스무 살이 넘으면 좀 다르지 않을까 싶었다. 그때까지만 기다려 달라는 내 고백은 신우의 가슴팍에서 웅웅거리며 뭉개졌다.

3

비 내리는 감진 마을을 보고 있으면 내가 어항 속 물고기가 된 것 같다. 점점 내 주위로 좁혀지던 세상이 내가 먹고 싸고 맴을 돌 만큼만 자리를 남겨 놓았다. 지구 저편에서는 오늘도 무장 단체가 사람들을 납치해 가고, 나보다 어린 아이들이 총을 들고, 누군가는 무기를 팔아 배를 불리고 있을지도 모른다. 어쩌면 대홍수나 기록 적인 가뭄이 벌어지고 있을 수도 있다. 하지만 나는 그 소식들을 확인할 길이 없다. 내가 아는 건 지구가 23.5도 기운 채 꼬박꼬박 자전한다는 것과, 그에 맞춰 나에게 감진 마을에서의 하루가 주어 진다는 것뿐이다. 그래서 비 내리는 감진 마을은 현실보다 판타지 에 가까운 동네다. 떠도는 말들의 실체를 확인하는 것보다 논두렁에서 토토로와 고양이 버스를 찾는 게 빠를지도 모른다.

열여덟 살 먹도록 감진 마을 사람으로 살다 보니 내게도 눈치란 게 생겼다. 이 마을의 상식에 도전이 될 만한 말은 삼키는 게 좋다. 전 장군이 법정에 섰던 일이나 이십구만 원밖에 없다고 증언한 일 따위를 알은척해서는 안 된다. 내 기억이 시작된 이래 감진 마을의 상식은 한 차례도 업데이트된 적이 없고, 순천댁 할머니의 육자배기는 한 번도 끝까지 불린 적이 없다.

그런데 어항 속 물고기는 어느 날 자신이 날치 새끼라는 걸 알아 버렸다. 맘만 먹으면 좁아터진 어항을 뛰쳐나갈 힘과 당돌함이 비늘마다 촘촘히 박혀 있었다. 그럼에도 물고기가 지느러미를 펼치지 않는 건 어항 속에 사랑하는 누군가가 있어서다. 어느 날 날치 새끼는 사랑하는 이에게 자기 생각을 털어놓았다.

"엄마, 웅덩이에 사는 물고기가 휘리릭 뛰쳐나가면 남은 물고기 식구들이 울겠제?"

"물고기? 내가 물고기 식구들 맴까지 우찌 알 기고? 내 살기도 폭폭한데. 웅덩이 밖으로 튀나오는 놈 있으믄 아이고야 하고 회 쳐 묵으믄 그걸로 땡이지, 뭐."

종일 이불 속에서 뒹굴며 물고기 이야기를 생각해 낸 나는 졸지에 횟감이 돼 버렸다. 엄마는 국산 고사리와 중국산 고사리를 구분할 줄 알고, 베트남 물고기와 일본 물고기도 척척 알아맞히지만 결정적으로 비유에 약하다. 해가 갈수록 그 증상이 심해져서 엄마에게 말할 때는 한 방에 알아듣게 말해야 한다.

"엄마, 어른들이 나보고 꽃년이 닮았다더라. 엄마 생각엔 우떤데?"

"누고? 누가 남의 딸한테 그런 호랭이가 씹어 갈 소릴 했을꼬? 약국 영감탱이가? 윤가 할망구가?"

엄마 얼굴이 금세 붉으락푸르락해졌다. 엄마는 물고기의 국적을 구분해 내는 솜씨로 동네 노인들이 입에 담아도 되는 말과 안되는 말을 가려내는 것이다.

"모린다. 컴컴해 갖고 누가 말했는지는 모리겠다. 그라믄 엄마 생각은? 엄마 보기에도 내가 꽃년이 닮았나?"

"그기 무신 지랄용천하는 소리고? 내 딸이 와 뜬금없이 떠돌이 미친년을 닮……."

엄마는 뭔가를 떠올린 것처럼 급히 말을 끊었다.

아기 물고기야, 니는 인자 붕어다. 이 플라스틱 물풀을 진짜 물풀이라 치고, 내를 엄마라 치고 여기서 살아라.

엄마 머릿속에 떠오른 뭔가는 이런 암묵적인 합의를 뛰어넘는 것일 테다. 그리고 나 역시 그게 뭔지 안다. 그건 내가 엄마 딸이 되기 전, 그 며칠 되지도 않는 날들의 이야기였다.

엄마가 토라졌다. 밥도 안 차려 주고, 내가 밥을 차려 와도 먹지 않았다.

"엄마, 이 깻잎 장아찌 엄마가 만들었나? 진짜 맛나다."

질기고 짜기만 한 장아찌를 치켜세워 봤지만 허사였다.

반나절 등을 돌리고 누워 있던 엄마는 불쑥 자리에서 일어나더니 와인색 립스틱도 안 바르고 밖으로 뛰쳐나갔다. 나도 걱정이 되어 쫓아 나갔다.

삼한에 국법도 미치지 못하는 소도가 있었다면 감진 마을엔 정자나무 아래 평상이 있다. 거긴 평상 밖의 일들을 끌어올 수 있는 곳이 아니다. 하지만 그 성역은 엄마의 습격으로 박살 났다.

"누굽니꺼? 누가 우리 아 듣는데 꽃년이 우짜고 씨불있습니꺼?"

저녁을 먹고 일찌감치 평상에 모여 있던 노인들은 하나같이 눈이 휘둥그레졌다.

"씨…… 씨불이기는. 그냥 우짜다가 여서 말이 나온 기지. 으흠, 별것도 아닌 것 갖고 우째 언성을 높입니꺼? 사람들도 많은 데서."

약국 할아버지가 헛기침을 했다. 진범 이장 할아버지는 발가락 사이를 후비적거리며 딴청을 피우고 있었다. 약국 할아버지를 진범이라 오해한 엄마는 불특정 다수를 향하던 도끼눈을 약국 할아버지에게로 모았다.

"아제! 참말 이라깁니꺼? 내한테 진아가 우떤 자식인지 남들은 몰라도 아제는 아는 줄 알았십니더. 금이야 옥이야 키운 아한테 와 그런 소리를 해 가이고, 우짠지, 아가 요 메칠 펭소에 안 하던 소릴 해 감시로 밥도 잘 안 묵고 그러더마는, 이기 다 아제가 아 듣는 데서 개 잡녀러 소릴……."

"뭐어? 개, 개 잡녀러? 청암띠기, 내 제수씨 그리 안 봤더마는 말이 아주 지랄 같은 게, 내도 더는 몬 참것십니더."

"지랄예? 지금 내보고 지랄이라 했십니꺼? 그 지랄을 누가 믄저 시작했십니꺼? 와 가만있는 우리 아한테 귀신 씻나락 까먹는 소릴 해 갖고 맘고생을 시키느냐 이 말입니더!"

"뭐요? 뭣이 우짜고 우째요? 아따 마, 내도 승질이 없는 사람도 아이고, 죽은 도열이 봐서 참을라 했더만 안 되겠네."

약국 할아버지가 평상에서 벌떡 일어섰다.

"하이고, 그리 눈 부라리믄 누가 겁낼 줄 압니꺼? 사람이 양심이 있어야지, 진아 아부지 살아 있을 때 얻어묵은 막걸리가 몇 독은 될 긴데, 사람이 받아묵을 때 맴이랑 트림하고 돌아설 때 맴 다르다더만 딱 그 짝이네예."

분위기가 험악해지자 여태껏 몸을 사리던 이장 할아버지가 자리에서 일어났다.

"와들 이랍니꺼? 자, 일단들 앉으이소. 한마을 이웃끼리 이래 싸우믄 우짭니꺼? 참말로, 진아 보기 부끄럽고로. 안 그래도 딴 마을에서 감진 마을은 이제 좋 났다고, 젊은 사람들은 다 도망가 삐리고 죽을 날 받아 놓은 노인네들만 버티고 있다고 수근기리 쌌는데 우리가 이라믄 뭐가 됩니꺼? 마, 따지고 보믄 벨일도 아니라예. 우짜다가 나온 말이고, 그기이 헹수님이 이리 신경 쓸 만한 말도 아이고. 진아 니도 고마 잊어뿌라 마. 니가 있는 줄도 모리고 어른들이 한 말이다. 니랑 꽃년이랑은 절대 아무 상관이 없는 기라. 그란께 자, 좋게 좋게, 좋게 좋게 마무리하입시더."

그 좋게 좋게란 말이 오늘따라 귀에 거슬렸다. 남들은, 어쩌면 엄마까지도 이 일을 좋게 좋게 덮고 싶어 하겠지만 난 아니다. 지금 사람들 혀 밑에 감춰진 말은 나의 기원에 관한 거였고, 그들의 말과 눈빛에서 진실의 화소를 포착해 낸 이상 이 일을 이대로 마무리할 수는 없다.

"말해 주이소. 꽃년이랑 내가 어디가 닮았는지 말해 주이소. 아는 대로만 말해 주시면 그 나머진 제가 알아보겠십니더."

"잘했다, 박진아."

내 무용담을 듣던 신우가 머리를 쓰다듬었다. 포옹 한 번 했을 뿐인데 녀석의 스킨십엔 거침이 없었다. 신우의 손길이 싫은 건 아니지만 날 만만하게 보는 건 싫었다. 만만한 건 신우여야 했다. 절로 눈이 돌아가게 생겼다 해서 신우가 딴사람이 된 건 아니다. 구정물을 뒤집어쓰고 달아났던 녀석이 이렇게 남신이 되는 기적이 일어났다면 그 반대로 휘황찬란한 미모가 한순간에 찌그러져 버리는 재앙도 가능할 터였다. 그러므로 어쩌면 과도기에 지나지 않을 녀석의 미모 따위에 괜히 주눅이 들거나 자세를 낮추고 싶진 않았다.

"봐라, 니! 니 아직 내 남자 아니거등! 한 번만 더 내 허락 없이 만졌다간 죽는다."

"밀땅이가?"

녀석이 느물느물 웃었다.

"뭐라 쌌노? 내가 니랑 밀땅을 와 하는데? 그런 거는 사귀는 사이에서나 하는 기지. 니랑 내는 그냥 친구다, 친구. 금세 잊어뿟나? 니, 딱 사흘 전에 내한테 프러포즈했다가 차있다. 내는 니랑 도망 안 간다고 분멩히 말했다. 똑디 기억해라."

신우가 우리 집에 찾아온 뒤 신우와 나는 우리가 함께 다녔던 중학교 운동장에서 다시 만났다. 방학 기간이라 스쿨버스 몇 대만 운동장 한쪽에 우두커니 서 있을 뿐 아이들은 보이지 않았다. 우린 함께 공을 차고, 잔돌을 주워서 공기놀이를 했다. 시골에선 여자애들도 공을 차야 하고, 남자애들도 공기놀이를 잘해야 한다. 여자 놀이, 남자 놀이 나누기 시작하면 사람 수가 모자라서 무엇 하나 제대로 할 수 없기 때문이다. 성별 불문, 나이 불문, 그게 우리 놀이의 원칙이었다.

척척…… 신우의 꼬질꼬질한 손등에 나이가 쌓여 갔다.

"앗싸, 총 이십 년이다. 내가 따라잡았다."

공중으로 솟구친 잔돌들을 야무지게 그러쥐며 녀석이 웃었다.

나는 신우의 뺨과 목덜미에 코를 대고 냄새를 맡았다.

"니 뭐꼬?"

신우가 흠칫하며 뒤로 물러났다.

"냄새 좋다, 니. 화한 꽃향기 난다."

"와 이라노? 내 아직 니 남자 아니라면서."

"함 맡아 봤다. 잘 씻고 댕기는지 볼라꼬. 니가 하도 미스터리해서."

"뭣이 또 미스터리한데?"

"니는 얼굴도 말꼬롬하고 냄새도 좋은데 손등이 와 이리 꾀죄죄하노? 흙장난하는 얼라맨치로."

신우는 제 손을 들여다보며 씩 웃었다.

"진짜네? 손이 이리 더러븐 줄 내도 몰랐다."

"니, 이리 와 봐라."

나는 신우를 끌고 학교 수돗가로 갔다. 식수대 물을 틀어 놓고 신우 손을 씻어 주었다. 비누가 없는 게 안타까웠지만 손톱 가장자리까지 꼼꼼하게 씻었다.

"니 펭소에도 이라나? 이거 완전 꼬리 치는 긴데."

"웃기지 마라, 꼬리는 무신! 내 원래 쑥쑥한 거 몬 참는다. 이 촌구석에서 만날 친구라고는 니 하나뿐이니까, 씻어서 데꼬 놀라고."

신우가 손을 털었다.

"신우야, 니 내 따라갈래?"

"이거 와 이라노? 프러포즈 거절한 건 니다."

"안다. 이거는 프러포즈 아이고, 친구로서 부탁하는 기다. 내가 어딜 좀 가야 하는데, 무서바서 혼자서는 몬 가겠다. 니가 좀 같이 가 줄라나?"

"어덴데?"

"내도 잘 모린다."

"얼씨구. 그라믄 언제 갈 긴데? 그건 아나?"

"보충 수업 시작 전에 댕기와야지. 고딩이 뭐 벨수 있나?"

"그라믄 사나흘밖에 안 남았는데?"

"니가 같이 가 준다면 내일 아침이라도 갈 참이다."

"내야 좋지."

신우가 내 손을 쥐었다.

4

어릴 적 엄마 손을 잡고 드나들던 그 시장통은 온갖 설화와 소문의 집합소였다. 엄마는 축축하고 좁아터진 시장 골목을 꼼꼼히 훑으며 장을 보았고, 나는 엄마가 멈춰 설 때마다 별 관심도 없는 이야기들을 고스란히 듣고 있어야 했다. 바람난 여편네 흉이나 급사한 주정뱅이에 관한 소문은 예닐곱 살 아이가 공감할 만한 내용이 아니었다. '거시기', '잡녀러 것들', '숭악한 연놈' 등으로 지칭되는 주인공들도 그다지 매력적이지 못했다. 그들은 너무 빤한 문제아들이었고, 사람들의 바람대로 비루한 결말로 치달았다. 반전도 없고, 감정을 이입할 구석도 없었다.

그럼에도 그 골목에 서 있으면 심장이 얼른얼른 뛰고 장딴지에

딴딴하게 힘이 들어갔다. 즉석에서 튀겨 내는 어묵이나 앙증맞은 캐릭터가 그려진 양말 따위에 마음이 동한 건 아니었다. 딱히 먹고 싶거나 갖고 싶은 건 없었다. 나는 시장통의 물건을 죄 합친 것보다 더 좋은 걸 이미 쥐고 있었으니까. 그건 엄마의 치맛자락이었다. 엄마를 붙잡고 서 있으면 속옷 가게 유리문이나 칼갈이 할아버지의 선글라스 렌즈 속에 영락없는 엄마와 딸의 모습이 맺히곤 했다. 이해 못 할 설화들과 족발 삶는 누린내, 생선 비린내가 한꺼번에 달려들어도 그 형상만은 꿋꿋했다.

시장을 반쯤 돌다 보면 본의 아니게 내가 설화의 주인공 역할을 꿰찰 때도 있었다. 그건 어느 동네, 어느 골목에나 있는 주워 온 아이 이야기였다. 엄마가 물건을 뒤적거리는 사이 상인들 중 누군가 운을 떼면 근처 다른 상인이 맞장구를 치고, 더러는 가까이 있던 손님도 이야기를 보탰다. 설화 속에서 나는 엄마의 친딸이 아니라 어딘가에서 주워 온 아이였다. 그 비좁은 시장통 안에서도 이야기는 두 가지 버전으로 나뉘었다. 무슨 강과 대교가 등장하는 다리 밑 설화가 있는가 하면 버스 정류장 옆 노점상이나 시장이 등장하는 고무 대야 설화도 있었다. 다리 밑에서 주워 왔거나 누군가 대야에 내다 팔았거나 어느 쪽이든 시장통 사람들이 바라는 건 내가 앙하며 울음을 터뜨리는 거였다. 바닥에 퍼질러 앉아 다리까지 버둥거려 주면 그들은 더 신이 날 터였다.

하지만 나는 엄마의 치맛자락을 꼭 붙든 채 울지 않았다. 손가락을 빨지도 않았고 얼굴을 숨기지도 않았다. 엄마가 내 친엄마가 아니라는 건 기억이 시작되는 시점에 이미 알고 있던 사실이다. 하지만 그 사실과 시장통 사람들의 놀림을 군이 이어 붙일 필요는 없었다. 그들은 나와 엄마의 사연을 알지도 못했다. 나는 다른 마을로 가는 버스처럼, 짓궂은 농담이 무심히 나를 스쳐 가게 두었다. 괜히 엉뚱한 버스에 올라타서 웃고 울고 짓까불면서 낯선 사람들의 눈요깃감이 되고 싶진 않았다.

하지만 열여덟 살 여름날, 나는 정자나무 아래 어른들의 술판 속에서 그 시절의 일을 재해석해야만 했다. 그리고 알게 되었다. 그 시절 시장통의 설화들이 덜 마른 빨래처럼 여전히 축축하게 내 주변에 널려 있다는 걸. 그때 나는 지독한 불안과 설렘을 저울질해 보고서 불안을 감추는 편이 낫다고 판단했을 뿐이었다.

그때 그 아이는 사람들의 안경 렌즈나 가게 유리문에 맺힌 모녀의 모습을 깨뜨리지 않기 위해 엄마의 치맛자락을 세상 전부인 듯 쥐고 있었다. 고개를 치켜드는 불안을 으르렁거리며 쫓아 버린 거였다. 그러니까 나는 괜찮지 않았다. 정말로 괜찮았다면 감진 마을 노인들의 혀 꼬부라진 소리 속에서 그토록 예민하게 진실의 화소를 포착해 내지는 못했을 것이다.

엄마에게는 학교에 일이 있어 다녀오겠다 했다. 그날 이후 엄마는 빨래를 개고 텔레비전 채널을 돌릴 때조차 온통 날이 서 있었다. 그 짜증이 동네 노인들을 향한 건지, 아니면 꽃년이나 나, 엄마 자신을 향한 건지, 그도 아니면 지난 세월을 향한 건지는 알 수 없었다.

내가 하려는 일이 엄마와 나의 세상을 깨뜨리는 게 아니라고 굳이 말하지 않았다. 지금은 무슨 말을 해도 헛헛하고 옹색할 것 같았다. 난 엄마 딸이고, 엄마의 처진 가슴을 만지며 자랐다. 나는 그 세월의 힘을 믿는다.

연어들은 치어 시절에 떠나온 고향을 머릿속에 간직하고 있다. 철새들은 머릿속에 자석이 들어 있어 지구가 일러 주는 대로 고향을 더듬어 간다. 하지만 인간은 태어나던 순간과 신생아 적 기억을 잃어버린다. 그래서 인간은 물어물어 찾아가는 수밖에 없다. 어릴 적 해외로 입양된 사람들이 SNS에 자기 사연을 올리는 것도, 십수 년 전에 아이를 잃어버린 엄마 아빠가 전단을 들고 전국 방방곡곡을 누비는 것도 그 때문이다. 은폐되고 잊힌 시간을 거슬러 가려면 그 수밖에 없으니까.

2번 국도 위, 나의 첫 행선지는 곤양 장이었다.

2장 역주행

"넌 어차피 져.
심판이 네가 승리하게 두지 않을 거야."

—잭 런던 「멕시컨」 중에서

1

　저녁노을이 붉은 까닭은 태양 광선이 공기와 만나 푸른빛을 산
란해 버렸기 때문이다. 사람들은 노을이 붉은 줄만 알지 그것이 잃
어버린 푸른빛은 생각하지 않는다. 이미 사라진 것들에 연연하다
가는 당장 눈앞에 있는 것을 즐길 수 없기 때문이다. 어른들이 지
난 일을 캐묻는 걸 싫어하는 것도 그 때문일 거다. 그래서 어른들
한테 뭔가를 물을 때는 머리를 굴려야 한다. 지금 우리가 나누는
이야기가 잃어버린 푸른빛에 대한 게 아니라 붉게 타오르는 노을
에 관한 거라고 믿게끔 해야 한다.

　"니가? 니가 꽃년이한테 물어볼 게 있다고? 희멀끔한 애기가 떠
돌이 미친년한테 뭣을 물어본다는 긴지 모리겠지만, 꽃년이 일이

라믄 내보담은 저짝 개소줏집 사장이 잘 알 기다. 거 가 봐라."

꽃년이가 이 장에 왔었느냐고 물었을 때 대꾸도 없던 생선 장수 할머니는 꽃년이에게 물어볼 게 있어서 그런다는 말에 반응을 보였다. 역시 어른들은 과거 지향적 화법을 싫어한다.

할머니가 말한 개소줏집으로 가는 길에 신우가 물었다.

"니, 진짜로 꽃년이 찾아댕기는 기가?"

신우도 꽃년이의 이름을 기억하는 모양이었다. 다른 고장 사람들이 거지 운운할 때 우리 고장 사람들은 꽃년이를 들먹였다. 공부 안 하는 아이에겐 참말로 꽃년이가 되려고 이러나 했고, 사내답지 못하고 속이 좁은 남자에겐 꽃년이 속곳이나 빨고 앉았을 놈이라 했다.

"어."

"꽃년이랑 니랑 닮았다는 그 한마디 땜에?"

"어. 세상에는 흘리들을 수 없는 말이 있다. 저절로 귀에 꽉 박히는 말 말이다. 떠돌이 꽃년이랑 업둥이 출신인 내가 닮았다 안 하나. 어른들이 그 사실을 내한테 숨길라꼬 했다는 게 아무래도 수상 타."

"그라믄 니 말은 꽃년이가 니 생모라도 된다는 기가?"

"그거야 모리지. 모린께 알아볼라꼬 찾아댕기는 기다."

우린 곤양 장 골목에서 빠져나와 조금 떨어진 개소줏집으로 갔다.

개소줏집은 야콘즙, 오디즙 따위를 시식하는 할머니 할아버지들로 붐볐다. 사람들 틈을 헤집고 들어가자 주인아저씨가 성가시다는 얼굴로 말했다.

"무신 일이고?"

나는 어딜 가면 꽃년이를 만날 수 있는지 물었다.

"꽃년이? 꽃년이는 와 찾는데?"

나는 생선 장수 할머니에게 했던 말을 똑같이 했다.

"뭣을 좀 물어볼라꼬요."

"꽃년이한테 뭣을 물어본다고? 내 참, 살다 살다 그런 소리는 첨 듣는다. 니, 이 근방에 안 사나? 꽃년이가 미친년인 거는 알고 있나? 뭣을 묻는다고 촬촬 대답해 줄 상태가 아이다 그 말이다. 회까닥 돌이 삐렀거등. 하루 죙일 혼자 구시렁구시렁 떠드는 거 말고는 암것도 모린다."

"그건 제가 알아서 하겠심더. 어디 가면 만낼 수 있는지만 알려 주이소."

"한 달쯤 됐일까, 여 곤양 장에 왔던 기다. 그날도 혼자 고시랑거리다가 여 할매들한테 밥 얻어묵고 어데로 갔다."

"어데로요?"

"그거야 내도 모리지. 꽃년이가 행선지를 알리고 댕기는 사람이 아이거등."

결국 별 소득도 없이 개소줏집을 나섰다. 실망한 얼굴이 보기 안 됐는지 신우가 내 어깨를 두드려 주었다. 그때였다.

"봐라, 아가."

개소굿집 주인아저씨가 쫓아 나왔다.

"니…… 꽃년이 일가친척이가?"

"그건 와 묻십니꺼?"

"좀 닮은 거 같아서 그런다. 이마랑 눈매랑 입이랑 빼다 박았다. 가까븐 친척이가?"

아저씨는 나를 구석구석 훑어보았다.

"바로 그걸 물어볼라꼬 찾아댕기는 중입니더."

"그으래?"

"예. 그란데 아저씨, 혹시 꽃년이가 임신을 한 적이 있십니꺼?"

"뭐? 임신? 그런 걸 내한테 와 묻는데? 그란께 내 말은, 꽃년이가 임신을 하등가 말등가 그것까지 내가 알고 자시고 할 만한 사람이 아니란 기다. 그라고 학생 니도 썰데없는 일 고만하고 집에 가서 공부나 해라. 사람 찾는 거 어른들이나 나설 일이다."

아저씨는 언짢은 얼굴로 들어가 버렸다. 미간을 찌푸리며 황망히 돌아서는 모습에서 나는 또 한 번 진실의 화소를 보았다.

만에 하나 꽃년이가 날 낳았다면 세상 어딘가에 꽃년이의 남자가 있었다는 뜻이다. 나의 생물학적 아버지일지도 모르는 그는 꽃년이를 정말 사랑했을 수도 있고, 꽃년이의 몸만 취했을 수도 있다. 젊어서부터 장터를 떠돈 여자, 나타났다 사라지길 반복해도 누구 하나 신경 쓰지 않는 여자. 장터 주변의 남자들에게 꽃년이는 어떤 사람이었을까? 무방비 상태인 젊은 여자의 몸을 세상이 그냥 두지 않는다는 것쯤은 나도 안다.

　나는 열여덟 살이다. 어찌 보면 어리고, 어찌 보면 십 대의 끝물 같고, 또 어찌 보면 욕 같은 나이다. 내가 체감하는 나이는 그다지 젊지 않다. 물갈이 때를 넘긴 실내 수영장처럼 고약한 비린내와 소독약 냄새가 뒤섞인 것 같다. 쉽게 말해 한번 갈아엎을 때가 됐다는 얘기다. 이대로 무심코 어른이 되고 싶진 않다. 그래서 나는 감히 역주행을 택한 거다. 미친 사람이나 한다는 역주행, 일단 사고가 났다 하면 백 퍼센트 황천길로 간다는 역주행. 사실 이건 꽃년이와 내가 닮았다는 이야기를 듣기 전부터 하고 싶었던 일이다. 나는 누구인가? 스티커를 똑똑 떼어 낸 흔적처럼, 내 인생 곳곳에 빈자국으로만 남아 있는 그는 누구인가? 한 번쯤 묻고 싶었다.

　"아까 그 새끼 말투랑 눈빛 재수 없던데 니는 암시랑토 안 하나?"

　신우가 사이다 캔을 우그러뜨리며 말했다.

　"그 새끼 누구? 혹시 개소줏집 아저씨 말이가? 그만하면 친절한 기다. 니, 세상 물정 모리나? 손님도 억수로 많은데 나 같은 아까지 그리 응대해 주는 사람 드물다."

　"세상 물정 같은 건 내 모리겠고, 아무튼 머리에 팍 꽂히는 느낌이란 게 있다. 니 쳐다보는 눈까리가 영 뭐 같았단 말이다. 다시는 거기 근처에도 가지 마라."

신우가 전에 없이 화를 냈다.

그때였다. 아까부터 우리를 힐끔거리던 신발 가게 아줌마가 내게 손짓을 했다.

"아가, 니 어데 아프나?"

"와 그랍니꺼?"

"그기이…… 니가 꼭 어데 아픈 아 같아서 허는 소리다."

무슨 선문이라도 하려고 작당들을 했는지 신우도 아줌마도 못 알아들을 소리만 골라서 했다.

"이리 이쁘게 생겼거마는……. 아가, 니 집에 가거들랑 옴마 아부지허고 뱅원부터 가 봐라."

"와 그라는데예?"

"그란께, 그기이 말이다, 니 안색이 뻴로 안 좋아서 안 그러나."

아무래도 오늘 아침부터 아무것도 먹지 못한 빈속인 게 티가 나는 모양이었다. 아침은 늦게 일어나는 바람에 굶었고, 점심은 엄마가 등을 돌리고 누워 있는 통에 나 혼자 차려 먹기 뭐해서 걸렀고, 저녁은 오십 분에 한 번씩 감진 마을을 지나가는 시외버스 시간을 맞추느라 못 먹었다. 벌써 저녁 7시가 다 돼 가니 거의 종일 굶은 셈이다. 신우랑 같이 컵라면이라도 사 먹어야겠다고 생각하는 참인데 갑자기 신우가 보이지 않았다. 내가 신발 가게 아줌마와 몇

마디 나누는 사이 화장실에라도 간 모양이었다.

그제야 휴대폰에 생각이 미쳤다.

오랜 습관대로 2번 국도 시외버스에 오르면서 꺼 버렸던 걸 일주일 가까이 한 번도 켜지 않은 거다. 방학 동안 연락을 주고받을 만한 친구는 인애 하나였다. 하지만 인애와도 연락하지 않고 지낸 지 오래라 결국 내게 휴대폰은 있으나 마나였다. 담임이 이따금 안부를 묻는 단체 문자를 보내겠지만, 고작 열흘 만에 보충 수업이 시작되는 마당에 담임의 문자를 일일이 확인할 필요는 없었다.

휴대폰을 켜니 배터리가 7퍼센트 남아 있었다. 하지만 신우의 전화번호를 몰랐다. 녀석도 가르쳐 준 적이 없고 나 역시 물어보지 않았다. 중학교 운동장에서 몇 시쯤 보자고 약속하고 만났고 신우가 늦은 적이 없는 터라 녀석의 전화번호를 물을 일이 없었다.

그러고 보면 나는 신우를 말 그대로 친구로만 생각하는 모양이다. 보고 싶고 그리우면 전화번호가 궁금했을 텐데 모르는 채로도 아쉽지 않았으니까.

물론 나도 누군가의 전화번호를 알고 싶어 전전긍긍한 적은 있다.

작년 늦가을 무렵, 예고도 없이 갑자기 수은주가 곤두박질친 어느 날 저녁이었다. 오죽했으면 학부모들도 겨울 점퍼를 챙겨 들고 교문 앞에서 아이들을 기다리고 있었을까. 젊은 엄마 아빠들이 밤늦도록 학교에서 자율 학습을 해야 하는 딸을 위해 옷을 가져온 거였다. 나로선 기대할 수 없는 일이었다.

몸을 잔뜩 웅크리고서 하숙집으로 가던 나는 방향을 틀어 떡볶이 포장마차에 들어갔다. 추워진 날씨 탓인지 하숙집 밥보다는 김이 오르는 어묵과 떡볶이가 먹고 싶었다. 포장마차에 선 채로 떡볶이와 어묵을 먹고 나서 계산을 하려는데 가진 돈이 모자랐다. 하숙집이 바로 길 건너라 학생증을 맡기고 부리나케 다녀오면 되는데, 그날따라 학생증마저 가방에 없었다. 내 꼴을 파악한 주인아줌마는 성부터 냈다. 나는 그동안 떡볶잇값을 떼먹은 다른 학생들 몫까지 덤터기로 욕을 먹었다. 가방을 맡기고 바로 돈을 가져오겠다는 말도 통하지 않았고, 지나가는 사람들이 흘끔거리는 통에 얼굴만 벌겋게 달아올랐다. 그런데 그 애가 나타났다. 작은 키에 짧은 금발 머리, 동그란 안경을 낀 여자애였다.

"얼마가 모자란다는데? 이거면 되겠나?"

그 애는 자기 교복 주머니를 뒤적이더니 오백 원짜리 두 개를 내밀었다.

"이…… 이걸 왜 주는데? 니 혹시 내 아나?"

내가 더듬더듬 묻는 사이, 그 애는 아줌마 앞에 동전을 휙 던져놓고 돌아섰다.

"저기, 잠깐만!"

큰 소리로 불렀지만 금발 머리는 이미 학교 옆 골목으로 접어든 뒤였다. 심장이 두근거렸다. 적어도 그 순간만큼은 그 애와 내가 드라마 속 등장인물처럼 느껴졌다. 그 애는 내 떡볶잇값을 대신 내 주면서 처음으로 등장한 배우였다. 우린 앞으로 다른 장면들에서 다시 만나게 될 사이 같았다.

"봐라 니, 다시는 여 오지 마라. 여 올 돈 모아 가가 벵원이나 가 보등가. 또라이 가시나."

아줌마는 내 두근거림에 초를 쳤지만 나는 그 애가 사라진 골목에서 눈을 떼지 않았다.

다음 날부터 나는 학교 곳곳을 뒤지며 그 애를 찾아다녔다. 매점부터 체육관, 도서관까지 틈나는 대로 돌아다녔지만 그 애를 찾을 길이 없었다. 전화번호를 물어보지 않았다는 자책은 이내 그리움으로 바뀌었고, 그 애를 찾아내지 못하면 죽어 버릴 것만 같았다. 그 애가 여자애라는 사실은 문제가 되지 않았다. 그 무렵 그 애는 내 인생에서 '그리움'이라는 단어에 적확한 단 한 사람이었다. 오랫동안 써먹어 보지 못한 그 단어가 맘속에 가라앉아 있다가 한꺼번에 떠오르는 것 같았다. 그리워해야 할 것들을 그리워하지 못했고 내가 뭘 그리워해야 하는지 곰곰이 생각해 본 적도 없던 나는 세상에 태어나 처음 만난 사람이 그 애인 것처럼 필사적으로 수소문했다.

나는 결국 그 애를 찾지 못했다. 금발은 우리 학교 두발 규정에 맞지 않는다는 것과 동전 두 개 정도는 그 애에게 큰 의미가 없었을 거라는 사실을 인정하기까지 꼬박 두 계절이 걸렸다. 학년이 바뀌고 반이 바뀔 무렵, 나는 그 애를 마음속에서 지웠다. 우리 학교 애가 아니었을 거라고, 내가 교복을 잘못 봤을 거라고 내 멋대로 정리했다. 이제는 그 애를 떠올려도 맘이 아프거나 떨리지 않는다. 다만 그 후로 내게는 사람의 전화번호에 집착하는 강박이 생겼다. 친구라고는 인애밖에 없지만 내 휴대폰에는 수백 개의 전화번호가 저장되어 있다. 2학년에 올라온 첫날 같은 반 친구들 전화번호를 모두 수집했고, 일주일 만에 선생님들 전화번호를 다 알아냈으며, 학교 앞 꽃집 언니와 사서 선생님의 전화번호까지 저장했다. 사람들과 따로 연락을 주고받는 편은 아니었지만 일단 연락처를 가지고 있어야 맘이 놓였다. 그들 중 누군가가 금발 머리 그 애처럼 갑자기 특별한 사람으로 변할지도 모르기 때문이다. 그랬던 내가 신우의 전화번호를 물어보지 않았다는 게 어이없을 뿐이다.

한 시간이 다 되도록 신우는 오지 않았다. 나는 무참한 기분으로 휴대폰 배터리 잔량을 확인했다. 서로 전화번호를 모르는 이 상황에선 휴대폰이 아무 쓸모가 없는데도 차츰 줄어드는 배터리 잔량이 인정사정없는 카운트다운처럼 느껴져 신경만 더 곤두섰다.

휴대폰이 꺼지고 서쪽 하늘에 엉겨 있던 노을이 거의 다 사라지도록 신우는 나타나지 않았다.

2

나는 찰흙의 대책 없는 무름을 좋아한다. 손톱에 마구 끼고, 손바닥이며 얼굴에 묻고, 신문지에 들러붙는다. 주물럭거릴 때는 근사한 뭔가를 만들 것 같지만, 막상 완성하고 보면 상상했던 것의 1퍼센트도 반영되지 않은 그 낭패감도 좋다. 머리통 하나에 팔다리 두 개씩 겨우 구색만 갖춘 사람을 빚어도 나는 그 밋밋하고 물러 빠진 사람을 온 마음을 다해 좋아했다. 그가 오래 살지 못하리라는 것을 알기 때문이다. 사람과 사람 사이의 시간이 얼마나 맥없이 흘러가는지 일찍이 엄마 아빠를 보며 깨달았다. 엄마 아빠는 내 눈앞에서 자꾸자꾸 늙어 갔고, 아빠는 결국 홀쩍 내 곁을 떠났으니까.

찰흙 인간은 금세 딱딱해져서 정수리부터 쩍쩍 갈라져 버린다.

죽기 직전 찰흙 인간은 짧은 인생의 깨달음을 내게 전해 주었다.

인생 잠깐이다. 언제까지 네가 말랑말랑할 거라 생각하지 마라. 금방 돌 된다.

그러곤 투둑, 머리부터 떨어져 나갔다.

엄마 아빠는 내 준비물을 챙겨 주는 데 서툴렀다. 학교에서 지점토나 고무찰흙을 가져오라 해도 무조건 찰흙을 사 주었다.

"지점토 사 달랬지 누가 찰흙 사 달라드나?"

"아따, 가시나. 그기나 그기나, 대충 조몰락기리는 건 똑같다 아이가."

가족 상황을 아는 선생님들은 내 준비물에 관해서도 그러려니 했다. 나는 친구들이 지점토로 만든 인형에 색칠을 하는 동안에도 쉬지 않고 찰흙을 주물렀다. 내게 찰흙 인형이란 내가 그 무른 흙덩이를 떠나보낼 결심을 해야만 완성할 수 있는 존재였다.

근육보다는 체지방이 많은 데다 피부마저 늘어진 탓에 엄마의 어깨와 팔은 탄력 없이 물컹거렸다.

"엄마, 시원하나?"

엄마는 대답하지 않았다. 등을 돌리고 누운 채 며칠째 침묵시위 중이었다. 엄마도 내가 곤양 장에 다녀온 것을 아는 것 같았다. 진주 시내와 감진 마을을 오가는 버스는 대부분 곤양 장터를 지나게 돼 있고, 마을 노인들 중 누가 날 봤을 수도 있다.

아까 집에 들어섰을 때 분명히 부엌에서 소리가 났었다. 엄마가 일하는 중인 줄 알고 부엌부터 가 봤지만 엄마는 거기 없었다. 그 대신 큼지막한 양푼에 먹다 만 비빔밥이 있었다. 고추장과 열무김치를 넣어 쓱쓱 비빈 건데, 참기름 냄새가 솔솔 풍겼다. 그리고 돌덩이처럼 돌아누워 날 보지 않는 엄마한테도 참기름 냄새가 났다. 그러니까 지금 엄마는 뭘 먹다가도 내가 나타나면 안 먹은 척할 만큼 나한테 화가 났거나 서운하단 소리다. 그러거나 말거나 나는 고소한 냄새를 풍기는 엄마의 어깨를 계속 주물렀다.

전에 내가 만들었던 찰흙 인형들을 인생 곳곳으로 파견할 수 있다면 얼마나 좋을까? 프라하의 유대인 랍비 뢰브가 만들었다는 점토 인형 골렘처럼, 내 찰흙 인형들도 우둑우둑 살아나 날 좀 도와주면 좋겠다.

호리호리 키 큰 너는, 나 유치원 다닐 때로 가라. 자기 아빠 목말을 타고 가는 친구를 보면서 그 아득한 높이에 압도당하고 친구의 환한 웃음에 눈이 부시던 그날로 돌아가 날 좀 목말 태워라.

무뚝뚝한 장군처럼 생겨 먹은 너는, 나 열 살 적에 동네 개한테 쫓기던 날로 가라. 횡천댁 할머니네 잡종 셰퍼드가 다짜고짜 컹컹거리며 달려오는데, 발 느린 동네 노인들은 한참이나 뒤처져 소리만 질러 대던 그날로 가서 그 개 좀 패 주어라.

그리고 얼굴이 섬세하고 말을 잘하게 생긴 너는, 지금 이 순간 우리 집 안방으로 당장 튀어 와라. 말도 없이 가 버린 신우 녀석 욕도 옳고 토라져 누운 우리 엄마 기분도 좀 풀어 줘라. 내가 욕해도 되지만, 엄마가 먹다 만 비빔밥 양푼에 숟가락 하나 더 꽂아서 들고 오면 끝날 일이지만, 그냥 네가 나 대신 좀 해 줘라.

하지만 안타깝게도 나는 찰흙 인간의 말로를 알고 있다. 그들은 바싹 마르고 굳어서 바스러진다. 결국 모든 건 내 몫이다. 엄마 아빠가 친구들의 엄마 아빠와는 다르다는 걸 감지한 예닐곱 살부터, 나는 혼자 뭔가를 결정하고 처리하는 데 익숙해진 터다.

"엄마, 화났나? 와 그라는지는 모리겠지만 고마 화 풀어라."

나는 엄마 등에 바짝 붙어 누웠다.

"내 이틀만 있으면 보충 수업 시작이다. 내 진주 가 삐리도록 계속 이럴 기가?"

엄마는 길게 한숨을 쉬었다. 반가웠다. 엄마가 내 말에 반응을 보이기 시작했다는 증거니까.

"엄마, 내가 꽃년이를 궁금해하는 게 그리 속상하나?"

그제야 엄마는 휙 돌아누워 나를 보았다.

"속상하냐고? 니 같으믄 안 그러겠나?"

"내 다 안다."

"알긴 뭘 안다는 기고? 아는 년이 그리 빨빨기리믄서 꽃년이를 찾아댕기나? 꽃년이가 뭔데? 그년이 니 어미라도 되나? 걔가 니를 키우기를 했나, 가르치기를 했나?"

엄마는 자기 가슴을 치며 자리에서 일어나 앉았다. 그때부터 머리 검은 짐승이 어쩌고 내 팔자가 어쩌고 하며 온갖 흉흉한 주어들이 줄소환됐다.

결국 나는 보충 수업 시작 전까지 꼼짝없이 감진 마을에만 틀어박혀 있어야 했다. 꽃년이라는 이름은 입에 올리지도 않고 얌전히 엄마 곁에서 닭도 삶아 먹고 옥수수도 쪄 먹었다. 저녁에는 삶은 감자를 들고 마을 어귀 평상에도 다녀왔다. 나는 이따금 신우를 떠올리며 무료함을 견뎠다. 곤양 장에서 말 한마디 없이 증발해 버린 녀석은 중학교 때나 지금이나 개 상놈의 후레자식이다.

보충 수업이 시작되었지만 장염에 걸렸다는 거짓말로 시간을 하루 벌었다.

나는 곤양 장에 다시 갔다. 두어 달 전에 봤다는 둥 몇 주 전에 나타났다는 둥 풍문으로 목격담으로 존재하는 꽃년이에게 보내는 메시지를 그곳에 심어 두고 왔다. 감진 마을에서 온 아이가 꽃년이를 수소문하더라고. 말과 소문으로만 존재하는 꽃년이와 접촉하는 방법은 나 역시 말과 소문으로 존재하는 것이다. 장터를 따라 이동하는 꽃년이가 언젠가는 나에 관한 소문을 듣길 바랐다.

경찰에 신고해서 꽃년이를 찾아내고, DNA 검사를 하는 방법도 있겠지만 나는 지극히 장터다운 방법으로 꽃년이를 찾고 싶었다. 오래 단식한 사람이 갑자기 된밥을 먹으면 속탈이 나듯, 꽃년이와 내게도 묽은 시간의 미음이, 희미한 말들의 곡기가 필요했다.

3

"아이고, 옴마 밥이 좋기는 좋은 모양이네. 고새 볼살이 쪼매 올랐다, 니."

새 하숙집 아줌마가 떠들썩하게 날 반겨 주었다.

돌아왔다, 나의 현실계! 전 장군과 신성일 이후의 역사가 엄연히 존재하며 해가 떨어져도 나를 불러내는 어른들이 없는 곳.

하루 늦게 보충 수업 교재를 사고 하숙생들이 같이 쓰는 세탁기에서 내 빨래를 가려내면서 열흘 가까이 잃어버렸던 현실 감각을 되찾았다.

새로 옮긴 하숙집은 전에 살던 집과 그리 다를 게 없다. 사실 내가 하숙집을 옮긴 건 반찬 때문이 아니었다. 감진 마을 노인들과 엄마에게 반찬 핑계를 댄 건 어른들이 수긍할 만한 다른 구실이 떠오르지 않아서였다. 내가 집을 옮길 수밖에 없었던 진짜 이유는 인애였다.

인애는 삼천포에서 온 아이다. 전 하숙집에서 인애와 내 방이 작은 복도를 사이에 두고 마주 보고 있어 우린 남들보다 조금 빨리 낯을 익혔다. 인애는 가끔 하숙집 아이들에게 삼천포에서 가져온 건어물을 나눠 주기도 했는데 요깃거리가 될 만큼 충분한 양은 아니었다. 손가락 하나 크기로 찢은 쥐포나 노가리 반 토막 정도가 다였다. 그 때문에 하숙집 애들은 인애를 '쩨쩨한 년'이라고 했다. 먹을 것에 집착하는 건 사실이지만 그렇다고 인애가 단순히 '쩨쩨한 년'으로 규정될 애는 아니었다. 인애에게는 뭔가가 있었다.

인애는 하숙집에서나 학교에서나 늘 뭘 읽고 끼적이는 아이였다. 다만 그게 학교 공부와는 상관없는 것들이라 나 말고는 인애의 연구를 주목하는 사람이 아무도 없었다. 그런 인애를 구경하는 재미가 쏠쏠했고, 인애의 사색이 언어가 되어 이른 여름 풋감 떨어지듯 내 앞에 툭툭 떨어지는 것도 신기했다. 연구가 끝나면 봇물 터지듯 쏟아지는 인애의 수다도 유쾌했다. 인애는 자칭 멀더리안, 즉 미국의 TV 시리즈 '엑스파일'의 남자 주인공 멀더의 추종자였다. 인애는 누가 인생 좌우명을 물으면 늘 이렇게 답했다.

"더 트루쓰 이즈 아웃 데얼!"

진실은 저기 바깥에 있다. 그 바깥이 하숙집 담장 밖을 말하는 건지, 온전한 정신 바깥을 말하는 건지는 나도 모른다. 인애 말로는 그 문장이 엑스파일 시리즈 전반을 관통하는 주제이며, 자기 좌우명이라 했다.

멀더리안 인애에게는 삼천포 건어물 말고도 남들보다 많이 가진 게 두 가지 더 있었다. 하나는 엑스파일 시리즈 DVD였다. 인애의 책상에는 엑스파일 시즌별 DVD가 놓여 있었다. 수능 영단어, EBS 수학 등의 문제집은 쉰 장에 육박하는 DVD에 자리를 내주고 방바닥에 나뒹굴기 일쑤였다.

그중에는 표지 그림 없이 반투명한 플라스틱 케이스에 든 것이 절반 정도 되었다. 작은 견출지에 '시즌 3-5' 따위의 글자만 써 붙여 둔 것들이었다. 왜 표지가 없느냐고 묻자 인애는 주변을 살피며 목소리를 낮추었다.

"시즌 1과 3은 품절 상태라 구할 길이 없는 기라. 그래서 우짤 수 없이 어둠의 경로로 DVD를 확보했다. 하늘에 맹세코 돈 몇 푼에 저작권법을 어길라꼬 했던 거는 아이다. 지금이라도 정품을 판다는 데만 있으면 한달음에 달려갈 기다. 박진아, 니는 절대 내를 경찰에 일러바치고 그럴 아가 아이제? 하지만…… 트러스트 노 원! 아무도 믿지 마라. 이 또한 엑스파일의 주제다."

그러고는 내 의사는 묻지도 않고 어둠의 경로로 구했다는 DVD 하나를 틀었다. 둘째 이모의 전 남자 친구에게서 둘째 이모, 막내 이모를 거쳐 인애의 소유가 되었다는 낡아 빠진 노트북에 엑스파일 DVD를 넣고는 조미 쥐포 한 마리를 내밀었다.

"자, 이거 묵으면서 펜히 봐라. 이로써 니랑 내는 공동 운명체가 되는 기다. 현행법에 따르면 불법 복제 DVD를 소유한 아나 그걸 같이 본 아나 똑같이 처벌받는다."

그때부터 나는 인애 방에 놀러 갈 때마다 본의 아니게 엑스파일 시리즈를 보게 되었다. 인간과 외계인의 교배종을 만들려는 세력, 그 비밀을 파헤치기 위해 물불 안 가리고 뛰어다니는 멀더와 끝까지 냉정함을 잃지 않는 스컬리, 멀더와 스컬리의 조사 결과를 은폐하려는 또 다른 세력. 나는 달짝지근하면서도 비릿한 조미 쥐포를 뜯으며 그 밑도 끝도 없는 드라마를 봐야 했고, 결국 인애의 공범이 되고 말았다.

엑스파일 DVD에 이어 인애가 남들보다 많이 가진 또 한 가지는 온갖 정보다. 물론 그 정보의 질이 어떤지는 나도 장담할 수가 없다. 인애의 정보는 몇 해 전 막대한 보험금을 남기고 실족사하신 자기 할아버지가 사실은 자살한 거였다는 지극히 개인적인 일에서부터 인터넷 사이트 일베의 배후에 대륙 침략을 준비하는 일본 극우파가 있다는, 제법 통 큰 음모론까지 광범위했다. 그래서 둘이 있으면 나는 거의 인애의 이야기를 듣기만 하는 축이었다. 내가 가진 비밀이라곤 감진 마을 업둥이라는 사실뿐인데, 얼핏 그 얘기를 털어놓았을 때 인애의 반응이 너무 뜨뜻미지근해서 조금 상처를 받은 터였다. 인애는 보통 여자애들처럼 비밀을 공유하는 차원에서가 아니라, 가치를 따져서 정보를 모았다. 결국 나의 업둥이 설화는 인애가 판단하기에 정보로서 가치가 미약했던 모양이다. 하지만 인애의 이야기만으로도 우린 충분히 재미있었다. 엄마와는 나이 차가 많이 나고 자매도 없이 자란 터라 죽이 잘 맞는 사람이랑 둘이서만 속닥거리는 재미를 누려 본 적 없던 나는 인애와 여한이 없을 정도로 속닥거려 볼 참이었다. 그래서 콧방울이 벙벙한 남자는 색을 밝힌다는, 비과학적 정보를 인애가 주었을 때도 토를 달지 않았다. 사실 나는 인애가 쥐고 있는 정보들보다는 무슨 비밀 요원이라도 된 듯 '인애 파일'을 공유하는 일 자체가 좋았다.

그렇다고 우리가 방 안에서 수다만 떤 건 아니다. 가끔씩 시내에 나가 영화도 같이 보고 지하상가나 백화점 구경도 다녔다. 하지만 갑자기 인애가 날 피하기 시작했다. 인애는 말문을 닫아 버렸을 뿐이지만, 그동안 인애 파일의 유일한 공유자라는 자부심을 누렸던 나는 어마어마한 썰물이 내게서 빠져나가는 기분이었다. 인애는 밥도 얼른 먹고 나가 버리고, 영화 보러 가자는 말에도 대꾸가 없었다. 몇 번이나 이유라도 알려 달라고 문자를 보냈지만 그 역시 답이 없었다.

이유는 여전히 모르지만 날 대하는 인애의 태도가 급변한 게 언제인지는 알고 있다. 중간고사가 끝난 날이었다. 이제 막 중간고사라는 고지를 넘은 동지애로 똘똘 뭉친 우리는 한 달 가까이 모은 용돈을 챙겨 들고 반바지를 사러 지하상가에 갔다. 사실 나는 반바지를 그다지 사고 싶지 않았다. 그런데 인애 말로 '앙주'라는 옷집에서 파는 데님 반바지는 진주 시내의 그 어떤 보세 옷에서도 찾을 수 없는 독특함이 있다는 것이다. 그건 바로 허벅지에서 치골까지 뻗어 오는 세로 찢기 공법이었다. 흔히 찢어진 청바지가 천에 가로로 칼자국을 낸 것과 달리 앙주의 반바지는 세로로 찢겨 있어서 다리가 길어 보인다나. 또 힘주어 걸을 때마다 틈 사이로 언뜻언뜻 치골이 드러나 치명적 섹시함을 발산한다고도 했다.

"그란께 그 바지만 입었다 하면 진주 시내 남자애들은 그날로 우리 손에 들어오는 기다."

"글쎄, 내 생각에는 치골이 아니라 빤스가 보일 것 같은데. 뭐, 노팬티로 입는다면 모를까."

조그맣게 항변해 보았지만 인애의 열망을 꺾을 수는 없었다. 결국엔 나도 그 특별하고 관능적인 반바지 얘기에 세뇌를 당했고, 중간고사가 끝나자마자 앙주로 달려간 거였다.

그날 앙주 옷집에서 조금 못 미친 곳에서 신우를 보았다. 내 쪽으로 걸어오는 남자애가 신우라는 걸 알아보기까지 0.1초도 걸리지 않았다. 몸이 커지고 얼굴도 몰라보게 바뀌었지만 그래도 신우는 신우였다. 어떤 사람을 딱 그 사람이게 하는 건 신장이나 몸무게, 이목구비가 아니다. 그건 걸음걸이, 곁눈질할 때의 눈 모양 등 사소한 것까지 포함하는 총체성이다. 그날 맞은편에서 걸어오던 남자애는 신우의 총체성을 가진 아이, 말 그대로 신우였다. 신우

역시 나를 알아본 눈치였다. 하지만 우린 서로 지나쳐 갔다. 저 애가 신우라는 걸, 저 애가 진아라는 걸 알더라도 붙들고 말을 거는 건 또 다른 영역이니까.

거기까진 인애도 별 반응이 없었다. 일이 틀어지기 시작한 건 내가 마음을 바꿔 신우를 뒤따라가면서부터였다.

"박진아, 니 어데 가는데?"

"저기 키 큰 저눔아, 내 잘 아는 아다. 가서 인사나 좀 하고 올게."

나는 인애를 내버려 두고 뛰었다.

"야! 강신우! 강신우!"

나는 20미터쯤 뒤처진 채 신우를 쫓아갔다.

하지만 신우는 귀에 이어폰이라도 꽂았는지 내 소릴 듣지 못하고 순식간에 계단을 올라 지하상가 바깥으로 사라져 버렸다. 나도 지하상가 바깥으로 뛰어올라 갈까 하다가 그만두었다. 자존심이 상했기 때문이다. 날 좋아한 것도 감진 마을로 날 찾아온 것도 신우였다. 그런 신우를 허둥지둥 쫓아갔다가 정말 신우와 대면이라도 한다면 이 숨찬 추격 신을 해명하기가 난감할 터였다.

나는 탈래탈래 인애 있는 데로 돌아왔다. 그날의 해프닝은 그걸로 끝난 줄 알았는데 아니었다. 인애가 말문을 닫아 버린 것이다. 누굴 쫓아갔느냐고, 그래서 만나긴 했느냐고 묻지도 않았다. 외려 내 편에서 신우의 프로필을 좔좔 읊었지만 인애는 무반응이었다.

결국 우린 반바지도 사지 못한 채 따로따로 하숙집에 돌아왔다. 그 뒤로 방문을 열다가 어쩌다 눈이라도 마주치면 인애는 자기 방으로 다시 들어가 버렸다. 쪽지도 보내 보고 전화도 해 보고 방문도 두드려 보았지만 인애는 묵묵부답이었다. 눈앞에서 팔을 붙들고 다그쳐도 돌아오는 대답은 별것이 없었다.

"내가 이 사태를 파악할 시간을 좀 도라."

전에 알던 애를 좀 쫓아갔기로서니 그게 사태 파악씩이나 할 일인지 알 수 없었다. 나로선 납득할 수 없는 말이었지만 그쯤에서 그만두는 게 나을 것 같았다. 확실한 건 인애가 내게 화가 났다는 것과 더는 나를 보고 싶어 하지 않는다는 거였다. 인애는 생각을 정리할 시간을 달라는데, 한집에 사는 한 그것도 불가능할 것 같다. 인애가 내 눈앞에서 휙휙 돌아서고 딸깍딸깍 문을 잠그는 꼴을 아무렇잖게 봐 넘길 수는 없었다. 내가 감진 마을 노인들이 좋아하는 아침 드라마 속 주인공이라면 돌아선 그 얼굴을 내 앞으로 끌어와서 머리를 한 대 쥐어박거나 잠긴 문을 부수고 쳐들어갔을 것이다. 그래야 시청률이 오를 테니까. 하지만 난 떠나 주는 방법을 택했다. 그건 도피가 아니라 시간을 향한 믿음이었다. 홀쩍 전학가 버린 신우를 하숙집에서 십오 분 거리에 있는 지하상가에서 다시 만났듯이, 언젠가는 인애와도 아무렇지 않게 재회할 날이 오리라 믿었다.

방학 보충 수업은 오후 3시쯤 끝났다. 하숙집에 가방을 두고 길을 나섰다. 서둘러 시외버스 터미널로 가면 서포 장에 가는 버스를 탈 수 있을 것 같았다. 곤양 장은 5일과 10일, 서포 장은 4일과 9일, 완사 장은 1일과 6일, 진교 장은 3일과 8일에 선다. 꽃년이가 장터를 따라 이동하는 모양이니, 나도 장날에 맞춰 꽃년이를 찾아볼 작정이었다. 오늘은 서포 장이 열리는 날이다.

버스를 타면 금방이지만 나는 일부러 진주 시내를 따라 걷다가 지하상가로 들어섰다. 곤양 장에서 사라져 버린 신우를 만날지 모른다는 기대 때문이기도 했고, 인애와 그 사달이 난 사건 현장에 다시 와 보고 싶기도 했다. 멱살을 잡고 물어보고 싶은 인물들이 자꾸만 늘어 갔다. 꽃년이, 신우, 인애……. 갑자기 엄마가 보고 싶었다. 엄마는 내가 묻기 전에 몸으로 알려 주는 사람이니까. 나한테 뭔가 서운한 게 있으면 쫄쫄 굶으며 앓아눕는 시늉을 해서라도 기분을 드러냈다. 하지만 엄마보다 젊다는 꽃년이와 엄마보다 세련된 언어를 가진 신우와 인애는 자기를 꽁꽁 감추었다.

지하상가 청바지 전문점 앞에서 다시 신우를 보았다. 저도 곤양 장에서의 일이 맘에 쩔리긴 하는지 멋쩍게 웃고 있었다. 나는 욕을 뇌까리는 일도 녀석의 정강이를 걷어차는 일도 잠시 미루고 우연에 대해 생각했다. 두 번이나 지하상가에서 신우와 마주친 건 누가 봐도 우연이었다. 이 우연을 어떻게 해석해야 할까? 신우는 바투 다가서며 또 한 번 씩 웃었다.

신우의 티셔츠에 엉터리 영어가 쓰여 있었다. 관계 대명사 whose
가 들어가야 할 자리에 who가 들어가 있었다. 내가 알기로 신우는
영어를 잘하는 아이였다. 그런데도 저런 티셔츠를 입고 있으니 어
쩐지 이상해 보였다.

"옷 입는 꼬라지도 거지발싸개 같고 표정도 뻔뻔한 게 니는 절
대로 내 타입 아이다. 알긋나?"

신우가 내 말에 큰 상처를 받길 바랐다. 그래서 백배사죄하기를,
다시는 장터에 날 두고 가지 않겠다고 말하기를. 하지만 녀석의 입
에서는 딴소리가 흘러나왔다.

"내 말 잘 생각해 봤나? 그 개소줏집 주인 한번 족칠까, 내가?"

4

"잘 들어라, 박진아. 내는 딴거는 다 넘어가도 딱 두 종류 인간은 몬 참는다. 하나는 니한테 뭔가 해코지를 할라꼬 드는 연놈이고, 또 하나는 니하고 내 사이를 이간질하는 연놈이다. 곤양 장 개소줏집 주인은 첫째 부류의 인간이다. 그라니까 손 안 보면 두고두고 화근이 될 기다. 니가 잘 몰라 그러지 그리 재수 없는 인간한테는 주먹이 약이다."

신우가 왜 저렇게 개소줏집 아저씨에게 집착하는지 이해할 수 없었다. 다만 그날 신우가 가 버리고 곤양 장에 혼자 남겨졌을 때 느꼈던 기분의 근원을 알 것 같았다. 그건 누군가 나를 낯선 곳에 버려둔 일이 처음이 아니며 이런 일이 언제든 또 벌어질지 모른다는 느낌 때문이었다. 내가 애착을 품은 존재가 훌쩍 사라져 버리는 일이 일생을 두고 반복되리라는 예고인 듯했다. 이토록 불길한 깨달음이라니! 신우는 무작정 개소줏집 사내를 손봐 주자고 떠들어 대지만 정말로 응징이 필요한 건 녀석이었다.

"이 매너 없는 자식! 니는 중학교 때나 지금이나 개 상놈의 후레 자식이다!"

나는 신우의 발등을 꽉 밟아 버렸다. 신우는 깽깽이걸음을 하며 뒤로 물러났다.

"와 이라는데?"

"몰라 묻나? 사람이 오면 온다, 가면 간다, 말을 해야 될 거 아이 가! 니 멋대로 굴 거면 뭐할라꼬 내를 따라 곤양 장까지 간 긴데?"

"아, 그때 그 일 땜에 이라나? 그거는 내가 잘 설명할게. 갑자기 급한 일이 생기가가 니한테 알릴 틈도 없었다."

"내도 좀 알자, 그 급한 일!"

"그기 말이다, 엄마 아빠가 이혼을 한다 안 하나. 니 같으면 그런 기별을 받고 가만있었나?"

"니 지금 그걸 핑계라고 대는 기가? 삼 년 전에 이혼한 너네 엄 마 아빠가 또 새삼 이혼을 하신단다나? 리마인드 웨딩은 들어 봤 어도 리마인드 이혼은 들어 본 적이 없는데?"

"그라믄 니도 우리 엄마 아빠 소식 알고 있었나?"

녀석이 놀란 얼굴로 되물었다.

나는 녀석의 정강이를 걷어차 버렸다. 어느 틈에 사람들이 우릴 에워싸고 있었다. 흥미진진한 눈빛으로 귀엣말을 주고받는 사람들을 보자 더 화가 났다. 화풀이를 할 데는 신우밖에 없었다. 팔을 휘둘러 가슴팍을 마구 때리고 그래도 분이 안 풀려 녀석을 힘껏 떼밀어 버렸다.

"고마 꺼지라, 니. 오락가락 니 마음대로 할 거면 내 눈앞에 나타나지도 마라!"

지하상가 바닥에 나동그라진 신우에게 삿대질을 했다.

구경꾼들이 웅성거렸다.

"박진아! 고만해라. 내가 잘못했다. 몬나게 굴어서 참말 미안하다."

옷을 털며 일어난 신우는 사람들 사이로 빠져나갔다. 녀석이 또 달아나려 했다. 환골탈태해서 누가 봐도 번드르르한 사람이 됐다 생각했는데 신우의 뒷모습은 오래전 구정물을 뒤집어쓰고 달아나던 그 애와 별반 다르지 않았다.

신우가 감진 마을에서 구정물을 맞고 달아난 날, 나는 먼 곳으로 영영 도망칠 생각을 했다. 가방에 닥치는 대로 짐을 싸고 엄마한테 소리를 질렀다.

"더는 이 마을에서 몬 살겠다. 와 내 친구한테 구정물을 퍼붓는데? 친구가 친구 만내러 온 게 죄가? 최씨 할배는 자기랑 내랑 뭔 상관이라고 내 일에 끼어드는데? 할배 꼴도 보기 싫다! 내도 가서 그 할배 머리에 구정물 끼얹을 기다. 아니, 고마 그 영감탱이 콱 죽어 삐렀으면 좋겠다!"

엄마한테 세차게 따귀를 얻어맞고서야 끝이 났던 그 소란을, 신우 놈이 알 리가 없다. 내가 얼마나 걱정했는지, 그런데 사과할 기회도 주지 않고 전학을 가 버려 얼마나 맥이 풀리고 입맛도 없었는지, 젖은 교복으로 달아나던 뒷모습이 자꾸만 꿈에 나타나 얼마나 내 맘을 상하게 했는지, 잊고 산 척했지만 사실은 얼마나 보고 싶었는지…….

그래서 난 신우를 쫓아갈 수밖에 없었다.

"신우야! 강신우! 이 새끼야, 니 거기 안 서나?"

그런데 웬 아줌마가 내 팔을 낚아챘다.

"학생! 아가! 진정하고 니 이리 좀 들어와 봐라."

"이거 놔주이소! 내 저 새끼 잡아야 합니더."

"그래, 안다. 그래도 일단 이리 좀 와 봐라."

아줌마는 억센 손아귀로 내 손목을 거머쥐고 있었다. 구경꾼들도 날 흘끔거리며 하나둘 흩어졌다.

나는 작은 옷 가게 안으로 끌려 들어왔다. 정신을 차리고 보니 가게도 아줌마도 낯이 익었다. 아줌마는 하동, 함양, 산청 등 외지의 사투리를 귀신같이 알아듣고는, 시골 출신 아이들에게 일부러 비싼 값을 부르기로 유명한 사람이다.

시골서 아이 엄마들이 찾아와 몇 번이나 항의했지만 그는 여전히 지하상가에서 잘 벌어먹고 잘사는 뻔뻔한 처세가였다. 그런 아줌마가 날 잡아끌었다면 뻔한 거였다.

"내가 깡촌 출신인 거는 맞지마는, 아줌마네 가게에서 옷 살 생각은 눈곱맨큼도 없는데요."

"그래, 안다. 니한테 옷 사라 안 할 긴께 걱정 마라."

"그라믄 나를 와 이 안으로 끌어댕깄십니꺼?"

"그기이…… 아가, 지금부터 내가 하는 얘기 단디 새기들어라. 아줌마 생각에는 니가 좀 안 좋은 거 같다."

"무신 말씀입니꺼?"

"아까 여 밖에서 와 그랬는데?"

"뭣을예? 아, 그 남자애랑 싸운 거 말입니꺼? 내가 좀 잘 아는 안데, 우짜다 봉께 싸울 일이 생겨 갖고……."

"아가, 그러니까 니가 말하는 그 남자애 말이다. 그 남자애가…… 딴 사람들 눈에는 안 빈다."

"예? 그기 무신 소립니꺼?"

"남들 눈에는 니가 혼자 치고받고 소리 질러 쌌는 걸로밖에 안 빈다는 기다."

"그기 말이 됩니꺼?"

"안 되지. 그래서 내가 니를 이 안으로 데꼬 온 기다."

"그 아, 내 친구 맞십니더. 내 중학교 친구라예. 우리 엄마랑 옆집 할배도 그 아를 잘 압니더. 아줌마, 내 겁줘서 옷 팔아묵을라꼬

이라는 기지예? 내 다 압니더."

"아유, 가시나, 말 한번 싹수없게 하네. 내 말 못 믿겠으믄 요 근처 다른 가게에 가서 한번 물어봐라. 아까 다들 뭣을 봤는지 말이다."

나는 아줌마네 옷 가게에서 나와 맞은편 옷 가게로 갔다. 일이 꼬이지만 않았다면 인애랑 함께 오기로 돼 있던 양주 옷집이다. 그 치명적이라는 반바지가 어디 있는지 둘러볼 여유도 없었다.

"언니, 혹시 아까 말입니더, 내랑 여 앞에서 싸우던 남자애 못 봤십니꺼?"

양주 옷집 주인은 한참이나 뜸을 들이다가 대꾸했다.

"그, 그기…… 남자애가 어디 있었다는 말이고? 니 혼자 삿대질하고 소리 지르고 하더만. 여기 장사하는 집이다. 할 말 다했으믄 퍼뜩 나가라, 고마."

말도 안 되는 소리였다. 내가 듣고 보고 만질 수 있는 신우를 저들이 못 본다는 게 말이 되는가? 혹시 신우가 자리를 뜨고 나서 가게 밖으로 나온 건 아닐까?

애초에 내 목적지는 서포 장이었다. 시내를 지나 시외버스 터미널로 가서 서포행 버스를 탈 생각이었다. 하지만 거기까지 갈 기분이 아니었다. 갑자기 꽃년이만큼이나 신우도 내게 큰 숙제가 되어버렸다.

하숙집 쪽으로 발길을 돌렸다. 지하상가를 되밟아 오는데 안경

원 앞에서 웬 단발머리 여자와 군인이 알은체를 했다. 정확히 말하면 알은체했다기보다 둘이서 날 흘깃거리며 수군거렸다. 느낌상 아까 신우와 소란을 피우는 걸 본 모양이었다.

"저기 언니, 혹시 아까 저 봤어예?"

"어? 어……."

"그라믄 제 친구도 봤겠네예. 키가 크고 호리호리한 남자애 말입니더. 하얀 바탕에 영어가 쓰인 면티를 입고 있었는데."

"그기…… 니 혼자 소리를 지르고 발길질을 하더라. 우리는 니가 마이 아픈 것 같애서 119에 신고할까 말까 고민했던 기다."

날 옷 가게 안으로 잡아끈 아줌마처럼 닳고 닳은 얼굴을 하고 있었다면 덜 미더웠을 텐데, 단발머리 여자의 얼굴엔 조심스러운 기색이 역력했다. 그 표정에 담긴 진실을 더는 부정할 수 없었다. 신우가 남들 눈에 보이지 않는다는 사실을 거부할 수 없을 것 같았다. 나는 여자에게 고맙단 말도 못 하고 뒤돌아 뛰었다.

그래, 신우가 딴 사람 눈에는 안 보인다고 치자. 그럼 신우가 귀신이라도 된다는 말인가? 사람이 귀신을 지속적으로 만나고 만지고 심지어 냄새까지 맡는다는 게 가능한가? 그거야말로 귀신이 곡할 노릇 아닌가? 나의 경험치와 다른 사람들의 일관된 증언이 팽팽히 맞서며 날선 균형을 이루었다.

크고 작은 사거리들을 지났다. 달궈진 지면의 열기에 땀이 비 오듯 했다. 아까 지하상가에서 신우를 다시 만났을 때부터 마음에 걸리던 뭔가가 내 머릿속을 헤집었다. 그 우연들을 다 어떻게 설명할래? 아무런 예고도 없었고, 미리 전화 한 통 없이 찾아와서는 삼 년 전과 똑같은 말을 되뇌던 그 상황은 어떻게 해석할래?

마침내 하숙집 골목으로 접어들었다. 전에 살던 하숙집 앞을 지나며 인애에게 문자를 보냈다.

> 야, 내 머리가 어떻게 된 것 같다. 제발 연락 좀······.

이 상황에서 말을 걸 만한 사람은 그래도 인애밖에 없었다.

5

눈을 떠 보니 인애가 머리맡에 앉아 있었다. 연락을 받고 와 봤더니 내가 자고 있더란다.

"기분은 좀 우떤지 물어도 되나?"

"음…… 물리가 양주 옷집 반바지 입고 돌아댕기는 걸 목격한 느낌?"

여기서 말하는 물리는 흔한 과목명이 아니다. 그건 우리 학교 물리 선생님을 둘러싼 온갖 일화와 거기서 도출된 의미들이 집약된 고유 명사다. 누구는 물리 선생님의 앞 지퍼가 열렸던 날 형광 핑크색 팬티를 봤다 했고, 누구는 선생님이 일본 만화 속 여자 캐릭터가 그려진 머그잔을 쓴다고 했으며, 또 누구는 주말에 진주성 촉

석루에서 선생님과 마주쳤는데 셔츠 위에 여자 캐릭터 배지를 수렁주렁 달고 있더라 했다. 변태니 오타쿠니 하는 평범한 호칭에서부터 핵 변태, 양자 오타쿠 등 물리학적으로 변용된 별명까지 우후죽순처럼 생겨났지만 결국 낙찰된 건 '물리'였다. 하나의 흔한 과목 명칭에 지나지 않던 물리는 물리 선생님에게로 가서 변태를 뜻하는 고유 명사가 되었다.

"완전 팍 이해가 간다! 니 기분이 그 정도일 줄은 몰랐다."

인애가 웃었다.

이렇게 달려오고 이렇게 웃을 거면서 그동안 왜 그랬을까?

삼천포 바닷가에서 많이 뛰놀았는지 인애의 얼굴이 전보다 까무잡잡했다. 인애는 내가 지난 열흘을 어찌 보냈는지 전혀 모를 터였다. 내가 꽃년이를 닮았다는 소문을 쫓아 어디까지 갔는지, 꽃년이를 누구라 추측하는지, 전직 베프는 아무것도 모른다. 후텁지근하고 가슴 답답했던 그 일들을 낱낱이 털어놓고 싶었지만, 생각해 보니 지금 나한테는 꽃년이보다 곱절은 복잡다단한 문제가 놓여 있었다. 게다가 한숨 자고 일어났더니 머리가 이성적으로 돌아가기 시작했다. 아무 상관도 없어 보이던 퍼즐들이 하나의 판에 딸깍딸깍 맞춰지고 있었다.

인애가 말문을 닫아 버린 날에도 난 신우를 보았다. 어쩌면 인애 역시 지하상가 사람들과 똑같은 것을 목격했을 수도 있다. 내가 보이지 않는 누군가를 마구 쫓아가는……. 그러자 곤양 장 신발 가게 아줌마의 말도 떠올랐다. 아줌마는 나더러 병원에 가 보라 했다. 그때도 역시 내 곁에 신우가 있었다. 곤양 장의 신발 가게 아줌마, 진주 지하상가 옷집 주인들 그리고 인애…… 서로 일면식도 없을 사람들이 다 같이 짜고서 나를 속일 리는 없다. 그러니 분명 나한 테 무슨 일이 벌어진 게 틀림없다.

아까 지하상가에서 그 사달이 났을 때 이걸 깨달았다면 난 절대 인애에게 문자를 보내지 않았을 것이다. 날 바라보던 옷집 주인들 의 눈빛을 알기 때문이다. 그러니까 어찌 보면 이제야 머리가 돌아 가는 게 도리어 다행인지도 모른다.

"인애야."

"어."

"그날 지하상가에서 뭔 일이 있었는지, 아니 니가 뭣을 봤는지 하나도 빼지도 보태지도 말고 말해 주라."

인애는 이제는 말할 수 있다는 눈빛으로 나를 보았다.

"그래, 말할게. 그날 니가 누굴 본 것처럼 굴길래 나도 따라서 처 다봤거등. 그란데 니 눈길이 닿는 데 사람이 없더라. 쇼핑 나온 행 인들이 있긴 했지만 그 사람들은 말 그대로 그냥 지나가는 사람들 일 뿐이고 니는 분멩히 누구 아는 사람을 만난 거맨치로 뛰어갔다. 나중에는 뭣이야, 뭣이야 함시로 이름도 불렀고. 그란데 암만 처다 봐도 니가 쫓아갈 만한 사람이 없더라. 니가 얼매나 정신없이 쫓아 갔으면 지나가는 사람들도 니를 흘깃흘깃 처다보고 그랬다."

"그래서 내하고 말하기 싫드나? 정신 나간 거 같애서?"

나는 일부러 정곡을 찔렀다.

"첨엔 어리둥절하다가 나중에는 온몸에 소름이 돋더라. 그리고 그다음부터는 전에 말했던 그대로다. 나는 시간이 필요했다. 내가 본 게 대체 무신 일인지, 또 니한테는 무신 일이 벌어지고 있는지 연구하는 데 시간이 좀 걸렸다. 내가 그리 말했으면 내를 믿지, 그새를 몬 참고 이사를 가 삐맀나?"

그러고 보니 방학이 시작되던 날 오전에 인애는 삼천포 집으로 갔고 나는 그날 저녁에 방을 뺐으니 인애는 내가 이사한 것을 뒤늦게 알았을 터였다.

"그래서? 연구는 끝났나? 니 생각엔 내가 우떤 상태 같은데?"

"내 결론을 듣기 전에 니가 미리 알아야 할 게 있다."

"뭔데?"

"작년 가을이었을 기다. 니, 그 떡볶이걸 생각나나?"

"떡볶이걸? 그기 뭔데?"

"니가 한동안 미쳐 있던 그 미지의 아 말이다."

그제야 나는 내 떡볶잇값을 대신 내주었던 키 작은 금발 머리 아이가 생각났다. 그 애를 찾아다니면서 인애까지 달달 볶았던 것이다.

"기억난 모양이네. 그래, 드라마 배우 같다던 갸 말이다. 편의상 그눔아를 엑스라 해 뿌자. 니가 하도 엑스를 몬 찾으면 곡기를 끊을 것처럼 난리 난리를 쳐 싸서 내도 니 몰래 엑스를 수소문하고 댕깄던 기다."

"그래서? 찾았나?"

"찾긴 뭘 찾아, 가시나야. 니가 말한 인상착의를 염두에 두고 1학년 1반부터 3학년 10반까지 싹 다 훑었다. 그란데…… 머리가 연한 금발이고 붉은 안경을 낀 사람은 우리 학교에 아무도 없었다."

"그기 말이 안 된다는 기다. 분멩히 우리 학교 앞에서 우리 학교 교복을 입고 있었는데?"

"말이 안 되지. 그래서 내는 그때 그 엑스를 영구 미제 사건으로 처리하고 잊어뿌리기로 했던 기다. 그란데 저번에 니가 지하상가에서 뭣을 쫓아가고 손짓하고 하는 걸 보고 내는 그 엑스를 떠올렸다. 참말 얼토당토않은 일이지만 혹시 남들 눈에는 보이지 않는 뭔가가 니 눈에만 보이는 게 아닐까 하고 말이다. 그래서 나는 니 눈에만 보이는 그 엑스의 실체를 밝힐라꼬 다방면의 연구에 돌입했던 기다. 니 내 알제? 배움에 있어 일체 편견에서 자유로븐 거. 내는 맘을 열고 엑스 연구에 매진했다. 첨에 내가 의심한 거는 외계인이었다."

역시 엑스파일 마니아 인애다운 생각이었다. 난 웃지 않으려고 입술을 깨물었다.

"인간이 맨눈으로는 볼 수 없게끔 위장하고 댕기던 외계인이 포장마차에서 돈 땜에 구박을 받는 니를 보고는 한시적으로 인간 앞에 모습을 드러낸 기지. 그란데 문제는 그때부터 니 눈에는 계속 외계인이 빈다는 기지."

"외계인이 뭐가 아쉬워서 우리 학교 교복 차림으로 나타나는데? 그리고 저번에 지하상가에서 만낸 아는 내 고향 친구다. 외계인이 그리고 돌아댕길 이유가 없다 아이가. 내도 외계인을 직접 목격하는 호사를 누리고 싶지마는 내 생각에는 좀 무리가 있는 가설 같다."

"빙고! 으야, 가시나. 짱돌 좀 굴리는데? 바로 그기다, 내가 이 가설을 포기한 결정적인 이유가! 외계인이 그리 비효율적으로 출몰해서 되겠나? 내가 외계인이라면 눈에 안 띄는 평범한 사람으로 위장하지 특정 인물로 위장하지는 않을 기다. 그래서 나는 외계인 가설을 버려 뿌릿다. 그담으로 내가 생각한 거는 유령이다."

어째 연구가 점점 산으로 가는 느낌이었다.

"유령 목격담은 세계 각국 도처에 있다. 다시 말해 대단히 글로벌한 현상이다 그 말이다. 그란데 이 가설에도 문제가 있었다. 유령이 인간의 외상값을 대신 내줬다는 게 쪼매 석연찮았다. 또 뭐 돈 액수가 미미하다 봉께 좀 사는 집 유령이 한 푼 던져 줬다 치더라도, 지하상가에서 본 거는 네가 아는 사람이라면서? 유령이 뭐 할라꼬 네가 아는 그눔아를 코스프레할 기고? 혹 그눔아가 죽었다면 모릴까."

"지랄 같은 소리 고만해라. 신우가 죽긴 와 죽는데?"

"그란께 내 말은, 네가 아는 아가 유령일 리 없다는 기다. 만약에 갸가 진짜 유령이면 그 유령이 니를 보고 그냥 지나칠 리가 없다 아이가."

왠지 이쯤에서 그간 신우와 만난 얘기를 털어놔야 할 것 같은데 인애는 말할 틈을 주지 않았다.

"그래서 내는 다음 가설로 넘어갔고 그 가설이야말로 니가 그간 보여 준 행동에 딱딱 맞아떨어졌다."

"그 최후의 가설이 뭔데?"

"그기 말이다, 진아야."

"괜찮다. 말해라."

"니, 놀라지 마라."

"가시나, 뜸이나 들이지 마라."

"내 생각에는 니가 아무래도 정신 분열 같다."

"뭔…… 뭔 분열?"

세포 분열도 아니고 정신 분열이란다.

"그란께 쉽게 말해 니가 살짝 미쳤다는 기다."

인애는 매정하게도 검지를 제 관자놀이에 대고 휙휙 돌렸다.

"그라믄 내가 또…… 또라이라는 말이가?"

"어."

멀더리안 인애의 눈이 반짝거렸다. 인애가 나의 증상에 지대한 관심이 있다는 증거나. 업둥이 설화로는 감히 넘을 수 없던 인애 파일 문턱을 나는 이렇게 넘는다. 미쳤다는 의혹과 함께. 하지만 난 미치지 않았다.

"믿기 어렵다는 거 내도 안다. 하지만 진아야, 진실은 언제나 우리의 예상을 뛰어넘는 데 있다는 거 니도 알제? 더 트루쓰 이즈 아웃 데얼!"

진아는 검지로 천장을 가리켰다.

진실이 천장 너머에 있는지 서까래 너머에 있는지는 모르겠지만, 이건 납득하기 어려웠다. 감진 마을 노인들한테서 헛것을 본 경험담을 들은 적이 있다. 물론 맨정신으로 들려준 이야기는 아니었다. 매실주든 막걸리든 소주든 일단 술이 들어가야 했다. 꼬부라진 혀로 늘어놓던 일화들은 가공할 허풍과 뒤섞여 있어서 솔직히 믿기 어려웠다. 심하게는 오밤중에 구미 어디쯤에서 길을 잃고 헤매다가 소복 차림 귀신에게 쫓기는데 박정희가 나타나 구해 주더라는 이도 있었다. 유명인과 처녀 귀신이 동급으로 등장하는 그 가당찮은 증언들 덕에 나는 이 세상에 헛것은 없다고 확신하게 되었다. 하지만 신우는 대체 무엇인가?

"그래서 내 그동안 그 병에 대해 연구를 좀 했다."

인애는 내가 정신 분열 환자라는 것과 신우가 내 눈에만 보이는 헛것이라는 걸 전제하고 말했다.

"니는 정신 분열 초기 증세인 삽화를 경험한 기다."

"삽화? 책에 있는 그림 말이가?"

"아니, 정신 병리학적 용어다. 그래, 삽화라 그라믄 백이면 백 다 일러스트를 떠올릴 기다. 고마 헛것을 본다고 할 기지, 삽화가 뭐꼬? 가뜩이나 골치 아픈 병에다가 이름도 희한하게 붙이 났다. 누고? 이따구로 이름을 붙인 게. 아니지, 우떤 작자가 이따구로 번역을 한 길까? 이기 보그체랑 뭐가 다르노? 아티스틱한 감성을 베이스에 깔고 꾸뛰르적인 디테일을 가미한 우짜고 하면서 문장 질질 늘이는 그 패션 잡지체 말이다. 당최 알아묵을 수가 있어야지."

인애의 설명이 잠시 삼천포로 빠졌다.

"그래서? 딴소리 고만하고 하던 말이나 계속해 봐라."

"아, 맞다. 우리 정신 분열증 얘기 중이었제? 그기, 보통은 어른이 돼야 증상이 나타나거등. 그란께 니는 참 이례적인 케이스다. 우짜다 우리 같은 십 대 때 증상이 나타나는 경우가 있다 쳐도 대부분 남자애들 얘기거등. 진아 니, 혹시 남자 아이가?"

그래 놓고 킥킥 웃었다.

"신났다, 미친년. 내는 환장할 만큼 심란한데."

그래 놓고는 나도 픽 웃어 버렸다. 하긴 웃지 못할 상황도 아니다. 인애가 자기 나름의 결론을 역설하지만 그게 사실이라는 보장은 없다. 내가 아는 한 인애 파일 속 정보들은 오류투성이니까.

"암튼, 여자아가 십 대 때 발병하는 거는 상당히 드문 케이스다. 비유를 하자면 니는 대한민국에서 김연아 같은 피겨 여왕이 탄생

하는 것만큼이나 드문 경우다. 어쨌든 축하한다, 친구야."

"뭣을 축하한다는 긴데? 니 참말 내 손에 죽을 참이가?"

눈을 흘겼지만 키들키들 입가로 웃음이 새 나왔다. 결국 인애와 나는 배를 잡고 방바닥을 굴렀다. 그 뒤로도 인애는 주저리주저리 정신 병리학적 용어들을 나열했지만 내 알 바 아니었다. 인애가 내린 결론은 한마디로 내가 희귀 케이스의 정신병자라는 거다.

인애는 우리 하숙집에서 저녁밥을 얻어먹고 내 방에서 자고 가기로 했다. 신우는 헛것이 아니다. 우연한 일들이 맘에 걸리긴 했지만 내 오감이 경험한 신우를 부정할 순 없었다. 나는 인애에게 신우를 만난 일을 털어놓았다.

인애는 아예 큼지막한 공책을 펴 놓고 내가 겪은 일들을 정리하기 시작했다. 인애가 보기엔 증상에 해당하고 나한테는 오늘 저녁 반찬으로 미역볶음이 나왔다는 것만큼이나 명확한 사실들이었다.

감진 마을 집으로 신우가 찾아온 일, 중학교 운동장에서 신우랑 놀았던 일까지 하나도 빠뜨리지 않았다. 공기놀이를 했던 일까지 꼼꼼히 기록하던 인애는 내가 신우의 손을 씻어 준 부분에서 갑자기 볼펜을 툭 내려놓았다.

"어우 야, 너무 낭만적이다. 그래서? 그래서 갸가 뭐라던데?"

"니 방금 전까지 신우가 헛거라매?"

"야, 그거는 그거고, 퍼뜩 말해 봐라. 갸가 좋다드나? 막 깨끗한 손으로 니 볼을 감싸 쥐고 입을 맞춘다거나 꺄악! 난 몰라. 분멩히 학교 텅 비었다 그랬제? 그란께 키스, 느그 둘, 느그 둘! 했네, 했어!"

인애가 내 어깨를 픽픽 쳤다.

"그럴 걸 그랬나? 니 말대로 키스도 하고 전번도 교환하고 할 걸 그랬다. 내는 아직도 그 개 상놈의 후레자식 연락처도 모린다. 이기 말이 되나?"

나는 화룡점정 차원에서 이 정신 분열 설화에 꽃년이 이야기를 보태 줄까 하다가 관두었다. 꽃년이 얘길 꺼냈다간 멀더리안 인애의 상상력이 끝 간 데 없이 폭주할 것 같아서다.

인애가 잠들었다. 나는 인애가 나와 신우의 이야기를 갈겨 놓은 노트를 덮었다. 인애와 다시 만나서인지 모든 게 제자리를 찾아가는 느낌이었다. 그러면서도 맘 한구석에는 매번 홀연히 사라져 버리는 신우에 대한 의심이 싹텄다. 하지만 신우는 있다. 미심쩍은 게 두어 가지라면 확실한 건 아흔 가지가 넘는다. 그리고 무엇보다 난 신우를 포기하고 싶지 않았다.

3장 인간의 유래

아니, 그녀는 누구에게도 그 어떤 말도

할 수 없다고 생각했다.

순간의 절박함은 늘 표적을 놓치고

엇나가고 말았다.

—버지니아 울프 『등대로』 중에서

1

물리는 우리를 혐오한다. 수업 시간에 우릴 내려다보는 눈빛만 봐도 알 수 있다. 그건 우리가 떠들어서도 물리 성적이 나빠서도 아니다. 우리가 현실의 여자애이기 때문이다. 물리의 표현에 따르면 지구 중력의 지배를 받는 것들은 다 거기서 거기인 탓이다.

수업 시간에 물리가 모처럼 눈빛을 반짝이며 열변을 토한다면, 교과 내용이 아니라 먼 우주에 대해 이야기하고 있을 확률이 높다. 보이저 1호가 성간 우주에서 충격파를 감지했다거나 오리온자리에서 가장 밝은 별인 베텔게우스가 초신성으로 폭발하면 한 달 가까이 밤낮으로 관찰할 수 있다거나, 물리의 이야기는 우주 어딘가를 떠돌았다. 물리를 지구 중력장 안으로 다시 끌어들이는 일은 각반에 하나씩은 있다는 근래에 보기 드문 모범생이 맡았다.

"선생님, 물리 수업 하입시더. 은하 이야기는 지구 과학 시간에 따로 배웁니더."

하지만 나는 물리의 우주 이야기가 싫지 않았다.

해는 달보다 400배나 크지만 거리 역시 400배 멀기 때문에 지구에서는 달과 해의 크기가 똑같아 보인다는 사실부터, 우리 은하에는 1000억 개 이상의 별들이 있고 그런 은하들이 우주에 1000억 개이상 존재한다는 것까지, 우주 이야기는 뭔가 라임이 딱딱 맞아떨어지는 랩 같았다. 하지만 나는 물리에게 우주 이야기를 더 들려달라고 부탁할 처지가 못 되었다. 나 역시 중력의 지배를 받는 여자애기 때문이다.

물리는 일본 애니메이션 캐릭터 캐롤을 좋아한다. 아니, 캐롤만 좋아한다. 캐롤은 비현실적인 이목구비에 상반신 노출 의상을 고집하는, 재기 발랄한 파란 머리 소녀다. 캐롤과 우리 학교 여자애들의 결정적인 차이점은 캐롤이 지구 중력의 지배를 받지 않는다는 사실이다. 캐롤은 걸을 때 발소리도 나지 않고, 세월이 지나도 피부가 처지지 않는다.

물리는 땀 냄새 폴폴 풍기며 다리를 달달 떨고 앉아 있는 여자애들 말고 서른다섯 명의 캐롤을 앉혀 두고 수업을 하고 싶은 거다. 또 캐롤이랑 밥 먹고 캐롤이랑 산책하고 캐롤이랑 자고 싶은 거다. 하지만 현대의 과학 기술로는 물리의 꿈을 이루기 어렵다.

유전자 조작 기술은 오타쿠들의 욕망을 채우기보다 불치병 치료 같은 데 쓰이는 추세니까. 늘 날 선 얼굴로 돌아다니는 물리는 아이들이 인사를 해도 안 받아 주고 다른 선생님들과도 거의 어울리지 않는다. 우린 캐롤이 아니기 때문이다.

"야! 꼭 물리를 찾아가야 되나? 하고많은 어른들 다 놔두고 그 변태를 찾아가는 이유나 좀 알리도고."

나는 인애 손에 끌려 물리네 집 근처로 가는 길이었다.

"잘 들어라, 박진아. 니 불만이 뭔지 내도 안다. 하지만 물리는 우리가 접근 가능한 유일한 과학자다. 알긋나? 물리가 우리한테 수능 물리를 가르치는 데 관심이 없어서 그렇지 가끔 저 우주가 어떻고 성단이 어떻고 할 때 보면 무슨 나사 직원 안 같드나? 우린 진로 상담을 받으러 가는 것도 아이고, 친구 관계를 상담하러 가는 것도 아이다. 우리한테는 과학자의 의견이 필요하다. 알긋나?"

인애 말에도 일리는 있지만 고등학교에서 과학을 가르친다는 이유만으로 그 사람이 과학자로 분류될 수 있는지는 더 따져 볼 문제 같았다. 세상엔 재능이 있어서가 아니라 어쩌다 보니 그 일을 하게 된 사람들이 많다. 떡볶이 더럽게 못 만드는 분식집 주인도 많듯 별로 과학적이지 않은 과학 전공자도 있을 수 있다. 지금껏 물리가 우리에게 보여 준 모습도 그다지 과학자답지 않았다. 물리는 그저 캐롤 순정남일 뿐이다. 물론 나는 물리가 들려주는 우주 이야기를 좋아한다. 하지만 물리의 뒤태만 봐도 형광 핑크 팬티가

투시되는 느낌이 들고, 가끔씩 물리가 창가에 서서 배시시 웃는 모습을 보고 있으면 그의 넋이 오래전에 우리 이웃 은하로 탈출했을지 모른다는 생각이 들었다. 그러므로 과학적 조언을 얻겠다고 물리를 찾아가는 건 안드로메다로 가는 길에 성간 휴게소에 들러서 핫바를 사 먹겠다는 계획만큼이나 허무맹랑한 소리로 들렸다.

석연치 않아 하는 내 표정을 읽었는지 인애가 다시 말했다.

"그래, 물리 또라이 변태 맞다. 그란데 제정신 똑바로 박힌 어른들은 우리 얘길 들어 주려고도 안 할걸? 이기 바로 딱 이 시점에 우리가 처한 딜레마다."

"그렇다고 물리가 우리 이야기를 들어 준다는 보장 있나? 성질만 사나운 또라이 변태면 우짤 기고?"

"우리한테는 비장의 카드가 있다 아이가. 만약에 물리가 우릴 도와주지 않는다면 물리와 캐롤의 비밀이 만천하에, 특히 교육청 관계자한테 공개될 기다."

"니 설마…… 물리한테도 그리 말했나?"

"했다. 뭐, 벨수 있나. 살다 보면 초강수를 둬야 될 때도 있는 기다."

"야, 그래도 그렇지. 물리보담은 우리 동네 노인들이 낫겠다."

"지랄한다. 싫든 좋든 물리는 과학 전공자다. 정 물리가 껄끄럽다면 그래, 고마 이리 생각해라. MSG! 유해하다 무해하다 말도 많고 탈도 많은 그 첨가물 말이다. 유해한지 무해한지 결론은 안 났어도 MSG는 결국엔 제 몫을 해낸다. 그게 들어가야 라면 국물 맛이 제대로 나니까. 그랑께 우린 지금 인간계의 MSG를 만내러 가는 길이다 생각하고, 그 우거지 죽상 좀 풀어라."

캐롤 변태 물리에게서 과학자라는 속성을 뽑아내고 MSG라는 비유까지 든 인애는 적어도 그 순간만큼은 허셋덩어리 멀더리안이 아니라 진짜 엑스파일의 멀더 같았다.

물리의 집은 우리 학교에서 멀지 않은 초등학교 근처 근린 상가 3층이었다. 찻길을 따라가지 않고 하숙집 동네 골목을 가로질러 가면 채 오 분도 걸리지 않는 거리였다. 물리와 우리가 한동네 이웃이라는 걸 처음 알았다. 사전 조사까지 마친 인애는 물리가 절대 집에 손님을 초대하지 않는다는 사실을 확인하고는 물리를 근린 상가 골목 편의점 앞으로 불러냈다.

"진짜 나온다드나? 물리가 진짜로 그랬나?"

나는 인애가 사다 준 캔 커피를 따면서도 긴가민가했다.

인애 말은 불과 십여 분 만에 사실로 드러났다. 물리가 편의점에 모습을 드러낸 것이다. 학교 밖에서 만나니 물리는 더욱 대놓고 우리가 싫다는 표정을 지었다. 여름 뙤약볕 아래 캔 커피와 에너지 음료를 사이에 두고 마주 앉은 사람이 눈도 작고 가슴도 작은 우리여서 미안할 따름이었다.

"투명 인간 엑스라……."

물리가 손끝으로 테이블을 톡톡 두드렸다.

물리는 신우를 두고 투명 인간이라 했다. 헛것, 유령, 외계인, 삽화, 환상 등 지금껏 신우를 표현하는 데 동원된 다른 단어들보다는 나았다. 투명 인간은 어떤 사연이 있어 투명해졌을 뿐 실존하는 인간이니까. 나한테 신우가 그랬다. 남들이 신우를 못 보는 게 사실이라 하더라도 신우의 존재마저 부정할 순 없었다.

"하여튼 뭐, 그걸 본다는 게 누고?"

물리의 손가락이 나와 인애를 차례로 가리켰다. 나는 슬그머니 손을 들었다.

"니도 2학년이가?"

"네."

반년 가까이 수업을 해 놓고도 물리는 내 얼굴을 모르는 눈치였다.

"지금까지 확실한 거는 니 눈에는 엑스가 보이는데, 딴 사람들 눈에는 안 보인다는 기다. 맞나?"

"네."

"그라믄 방법은 하나다. 삼자대면을 하는 기다."

"삼자대면요?"

인애가 물었다.

"그래. 느그 둘이랑 그 엑스랑 셋이 한꺼번에 있는 상황을 만들어야 된다. 특히 대화가 가능한 상황이어야 된다. 그래서 그 엑스랑 인애랑 둘이 대화를 하도록 니가 중재를 해 봐라. 엑스가 진짜로 헛것인지, 아니믄 니 눈에만 보이는 투명 인간인지, 결론은 삼자대면이 끝난 뒤에 내리도 안 늦는다."

그러자 인애가 발끈했다.

"샘, 이기 뭡니꺼? 샘 진짜 과학자 맞십니꺼? 내는 샘이 진아한테 이 사태를 뭔가 과학적으로다가 납득할 만한 방법으로 설명해줄 줄 알았십니더."

물리는 고개를 가로저었다.

"니, 양자 물리학이라는 거 들어 봤제? 양자 물리학도 얼핏 보믄 미신 같다. 여 있던 전자가 갑자기 저짝에서 나타나고 그라거등. 그란데 말이다, 그 미신 같고 판타지 같은 세계에서 엄청 정교한 과학적 질서가 도출된다. 그란께 섣부른 판단은 금물이다, 알긋나? 알아들었으면 내는 간다. 삼자대면이 성공하거들랑 그때 다시 전화하등가."

물리는 자기 몫의 캔 커피를 챙겨 들고 자리에서 일어섰다.

나는 인애를 두고 물리를 쫓아갔다.

"샘, 남들은 다 내보고 헛거를 본다 그라는데 선생님은 와 결론을 미루십니꺼?"

물리는 한참 뜸을 들이다 대답했다.

"뭐, 느그도 이미 짐작했겠지만…… 내는 캐롤과 각별한 사이다. 캐롤이 사라지믄 내는 아무 의미가 없다. 만에 하나 니한테 엑스가 그런 존재믄 우짜나 싶어서 그런다. 그란께 엑스가 존재한다는 걸 최선을 다해 증명해 봐라."

그 순간만큼은 세상 누구보다 물리가 나를 잘 이해하는 것 같았다. 핵 변태, 양자 오타쿠라 불리는 물리에게 위로받는 날이 올 줄이야.

인애는 제 하숙집에서 저녁밥을 먹자마자 내 방으로 날아왔다. 선생님들은 하나같이 여름 방학을 기점으로 2학년 너희가 실질적인 수험생이 되었다고 말했지만, 그러거나 말거나 인애는 나와 신우를 둘러싼 미스터리를 해결하는 일에만 미쳐 있는 것 같았다. 인애의 눈빛엔 대단히 가치 있는 사건에 뛰어들었다는 만족감이 그득했다. 그럴 때마다 인애가 날 걱정하는 건지, 저 혼자 신이 나서 저러는 건지 종잡을 수가 없었다.

인애는 검정 표지 스프링 노트 두 권을 사 왔다.

"이거는 쌍둥이 일지다. 오늘부터 우리는 똑같은 사건을 여기다가 기록할 기다."

"뭣을 기록한다는 기고?"

"신우 사건."

"그거를 와 기록해야 되는데? 시간 아깝고로."

"다 니를 위해서다."

"뭣이 내를 위해선데?"

"혹시 나중에 니 증상이 심해졌을 때, 이 공책이 도움이 될까 싶어서."

"무슨 도움?"

"아따, 가시나. 고마 대충 알아묵지. 내 입으로 그거를 꼭 말해야 되나?"

"말 안 하면 내가 우찌 알 기고?"

"니가 아주 심하게 돌아 삐리가가 니 눈에만 보이는 것들에 집 착하고 내 얘기도 안 들어 묵는 시간이 오면 이 공책을 들이다보 란 말이다."

그러니까 인애는 내가 정신 분열증 환자이며, 앞으로 그 증상이 더 심해지리라 확신하는 거였다. 괘씸하긴 했지만 인애의 일 처리 방식만큼은 맘에 들었다. 빼도 박도 못하게 기록해 두는 게 얼마나 중요한지 감진 마을 노인들을 보며 느꼈던 터다.

감진 마을 노인들은 마을 공동으로 구입하는 비료 때문에 언성 을 높일 때가 있었다. 싸움의 패턴은 똑같았다. 이장 할아버지는 비룟값을 받은 적이 없다 하고 합천댁 할머니는 분명히 냈다 했 다. 하지만 증명할 길이 없었다. 두 사람 다 아무 기록도 남겨 놓지 않았기 때문이다. 합천댁 할머니는 자기 기억에 의존해서 큰소리 쳤다.

"아이고야, 비룟값 몇 푼이나 된다고 떼묵을 기고? 내 분멩히 냈 다. 그란께 그날이 언제냐, 그래, 접때 서울 우리 큰사우한테 개소 주 택배 부치던 그날이었을 기다."

"아니, 헹수님이 큰사우한테 개소주 보낸 것까지 내가 우찌 압니꺼? 내가 아는 거는 헹수님이 비룻값을 안 냈다는 거뿐입니더."

"내가 뭐한다고 거짓말을 하겠나? 와 내 말을 못 믿는데? 그날 내가 이장한테 비룻값을 줬다, 고마. 내 똑띡이 기억하고 있다."

하지만 합천댁 할머니가 비룻값을 냈는지 안 냈는지는 끝내 결론이 내려지지 않았다. 기록해 둔 게 있었더라면 그런 다툼도 줄었을 것이다.

나는 인애가 적으라는 대로 순순히 받아 적었다.

자기 전에 인애가 눈을 반짝거리며 물었다.

"니, 신우 어데가 그리 좋은데?"

"신우가 좋단 말 한 적 없다."

"가시나, 내숭은. 담을 넘어와가 니를 껴안았담서, 그리고 니도 폭 앵기 있었담서. 그라믄 게임 끝난 기지. 스킨십이 그리 자연스럽단 거는 느그 둘의 관계가 상당히 진전됐다는 증거다. 그란께 내숭 떨지 말고 솔직히 말해 봐라. 니는 신우 어데가 그리 좋은데?"

"내는 진짜 니를 이해 몬 하겠다. 니는 신우가 진짜로 있다는 걸 믿지도 않음시로 와 자꾸 신우에 대해 묻는데?"

"봐라, 세상에는 예수를 안 믿음시로도 성서를 공부하는 사람도 많다. 그라니까 내는 지금 허구의 인물 강신우와 내 친구 박진아의 관계에 대해 학문적이고 분석적인 접근을 하는 중이다, 알긋나? 그란께 퍼뜩 이실직고해라. 신우가 와 좋은데?"

신우랑 먼 도시에 가서 살고 싶다고 생각한 직도 있으니 인애 말처럼 내가 신우를 좋아하는 건지도 모른다. 싫은 사람이랑 같이 살고 싶진 않을 테니까.

"눈알……. 지금 생각하니까 신우 눈알이 맘에 들었던 것 같다."

"뭐, 눈알? 으야, 이거 상당히 해부학적인 접근인데. 그래서? 계속해 봐라."

인애가 홑이불 가장자리를 잘근거리며 히죽거렸다. 학문적 차원은 무슨 학문적 차원, 지금 인애가 나와 신우의 연애담에 폭 빠져 있다는 데 내 지갑에 있는 용돈을 다 걸 수도 있다. 내 짐작을 온몸으로 증명하듯 인애는 벌떡 일어나 불을 켜더니 혼자 낄낄거리며 검정 표지 노트에 뭔가를 갈겨썼다.

강신우는 눈알 미남!

"진아야, 내도 남자 만나고 싶다. 같이 있으면 찌릿찌릿하고 느낌이 확확 통하는 사람. 그런 사람 어데 없을까? 아…… 있다면 고마 나타나 주이소."

인애는 허공에 대고 기도를 올리듯 두 손을 치켜들었다.

2

좀처럼 삼자대면의 기회는 생기지 않고 시간만 하루 이틀 지났다. 나는 보충 수업 시간까지 합쳐서 날마다 일곱 시간쯤 공부를 했다. 대륙에 가로막히지 않고 날씨와 조류가 이상적인 상태라면, 고래는 일곱 시간 만에 지구를 한 바퀴 돌 수 있다 한다. 그러니까 나는 고래가 지구를 한 바퀴 돌 시간을 날마다 의자에 뭉개 버리는 것이다.

갑자기 시간을 생각하게 된 건 '만에 하나'라는 가정이 내 안에서 작동하기 시작했기 때문이다. 만에 하나 인애 말이 사실이라면, 만에 하나 내가 미쳐 간다면, 만에 하나 내가 꽃년이처럼 세상 사람들과 다른 걸 보고 다른 시간을 살게 된다면 내게 평범한 시간이 얼마나 남은 걸까? 물론 이런 생각을 하게 된 건 인애의 세뇌 때문이지만, 시간이 아까운 건 어쩔 수가 없었다. 지금 내가 흘려 버리는 이 시간이 마지막일지도 모른다는 절박함…….

시간이 얼마나 소중한지는 일이 틀어지고 난 후에야 실감이 나곤 했다. 내가 꾀죄죄한 포대기에 싸여 버려진 아기였다는 걸 알게된 후에야 나는 생모와 마지막으로 눈을 맞춘 시간이 있었음을 유추해 냈다. 아빠가 돌아가신 뒤에야 딱딱하고 건조하던 아빠의 손을 만져 본 그때가 마지막이었다는 걸 알았다. 신우가 전학 가 버리고 나서야 신우가 감진 마을 우리 집 담장 너머에서 제 모든 걸보여 주었음을 깨달았다. 내가 놓쳐 버린 시간들은 언제나 뒤늦게나를 가슴 치게 만든다.

인애가 눈알 미남이라 정의한 신우를 처음 알게 된 건 중학교 1학년 봄날이었다. 신우는 엄마 때문에 더 유명했다. 신우네 엄마는 금요일 오후마다 아이스크림이나 프라이드치킨을 사 들고 교실로 찾아왔기 때문이다. 아이들은 신우 엄마가 가져온 간식들을 잘도 받아먹었다. 하지만 아이스크림 막대나 닭 뼈를 발라내듯, 아이들은 신우의 어정쩡한 포지션에 대한 논평을 뱉어 놓았다. 반장도 부반장도 아닌 애가 왜 이렇게 간식을 쏘는지 이해할 수 없다했고, 또 초등학생도 아닌데 엄마가 학교를 뻔질나게 드나드는 게희한하다고도 했다. 나 역시 마찬가지였다. 나는 치킨을 뜯으며 신우를 쳐다보았다. 신우는 잠자코 간식을 먹었다. 그러다 가끔씩 대체 왜 여기서 이런 걸 먹고 있는지 알 수 없다는 표정으로 교실을 둘러보곤 했다. 나는 그때의 신우 눈동자가 좋았다. 입으론 말없이 간식을 먹는데 눈빛으로는 한숨도 쉬고 탄식도 하고 욕도 하고 소리도 질렀다. 나는 그 눈빛이야말로 진짜 신우라는 걸 알았다. 엄마의 극성에도 친구들의 은근한 비아냥거림에도 무심한 척하는 신우 말고 죄다 깨부수고 싶어 하는 신우가 그 눈빛에서 보였다. 그때부터 나는 신우의 표정을 훔쳐보는 버릇이 생겼고, 이따금 녀석과 눈이 마주쳐도 피하지 않았다. 난 네가 무슨 생각을 하는지 다 알아. 그렇게 눈으로 말을 걸면 녀석도 눈으로 대답했다. 너야말로 너무 빤해.

우린 2학년 때도 같은 반이 되었고 계속 눈으로 대화를 나누었다. 그러다 소문이 났다. 신우가 날 몰래몰래 훔쳐본다는 거였다. 신우가 적극적으로 부인하지 않아서인지 신우가 날 좋아한다는 소문은 나날이 견고해졌다. 그러던 어느 날 내가 신우에게 먼저 말을 걸었다. 생리를 시작했다는 걸 엄마가 동네방네 떠들어 버린 날이었다. 엄마로선 나를 이만큼이나 키웠다는 자부심의 표현이었을 수도 있지만, 감진 마을 할머니들이 속옷 빠는 법이나 여자로서의 몸가짐 따위를 내 앞에서 늘어놓는 통에 돌아 버릴 것 같았다. 나는 수업이 끝나기를 기다렸다가 다짜고짜 신우를 끌고 학교 앞 작은 다리 밑으로 갔다.

"신우야, 니 혹시 가출할 계획 같은 거 없나? 있으면 말해라. 내가 그 계획에 동참해 줄게."

"갑자기 와? 뭔 일 있나?"

"갑자기는 무슨 갑자기! 뭔 일이야 1년 365일 늘 있다. 딱 살기 싫어지는 일들이 줄줄이 있단 말이다. 그란께 니가 날 좀 데꼬 멀리 가 주라."

신우는 단박에 심각한 얼굴이 되었다. 내 얼토당토않은 부탁을 제 나름대로 진지하게 고민하기 시작한 것이다.

"니가 이리 나오니까 내가 꼭 니 말대로 해야 될 것 같은 기분이 든다. 내는 아직 준비된 것도 없는데."

그 순간 신우의 눈빛과 말은 하나였다. 늘 눈빛과 몸짓, 말이 따로 놀던 녀석이 그때만큼은 머리끝부터 발끝까지, 눈빛부터 말 한마디까지 그냥 하나의 신우였다. 나는 그런 신우의 눈빛이 좋았다. 화덕의 불씨처럼 신우의 진심은 그 눈빛에서 반짝이기 시작해 온몸으로 뻗어 나가고 있었다.

"됐다, 농담이다. 그냥 답답해서 해 본 소리다. 몬 들은 걸로 해라."

나는 신우를 더 난처하게 하고 싶지 않아서 그리 말하고 돌아섰다. 하지만 신우는 이리 대꾸했다.

"박진아! 농담 아니란 거 내 다 안다. 네 눈 보면 다 안다."

그로부터 얼마 뒤 신우 엄마가 떠나 버렸다. 극성맞던 신우 엄마는 집을 나갈 때도 요란하기 그지없었다. 인근 십 리에 다 퍼지도록, 온 학교 학생들이 다 알도록 떠들썩하게 새 애인을 사귀고 그를 따라 떠나 버렸으니까. 사건이 있고 며칠 후 눈알 미남 신우가 감진 마을로 날 찾아왔다. 가진 돈을 다 손에 들고서 정말로 떠나고 싶은 눈빛으로 날 만나러 왔다.

구정물을 뒤집어쓰고 쫓겨나던 신우를 따라가고 싶었다. 저대로 신우를 가게 두면 안 될 것 같았다. 하지만 그때 아빠가 몹시 아팠다. 머릿속에 종양이 생겨 눈이 멀었고, 시기를 놓친 탓에 수술도 어렵다 했다. 아빠에게 남은 선택은 수술을 받고 병원에 누워 있다 떠나느냐, 수술을 받지 않고 끙끙 앓다가 떠나느냐 둘 중 하나였다. 아빠는 소주와 함께 집에 머무는 쪽을 택했다. 나는 그런 아빠 곁에 남아야 했다. 갓 생리를 시작한 열다섯 살 여자아이의 팔팔한 생명력과, 늙고 병든 아빠의 모습이 극적으로 대비되어서인지 동네 노인들은 한층 더 내 일상을 들여다보려 했다. 명절에 며느리가 놓고 간 생리대를 가져다주는 할머니도 있었고, 배 아플 때 쓰라며 전기 복대를 가져다주는 이도 있었다. 그 틈에서 내가 할 수 있는 일은 신우가 잘 있는지 많이 화나진 않았는지 궁금해하는 것뿐이었다.

하지만 신우는 전학을 가 버렸다. 신우와 나의 이야기는 삼 년이 지나서야 다시 시작되었다. 신우는 돌아왔다.

키가 자라고 외모도 변했지만 신우는 여전히 내게 눈알 미남이다. 얼굴에 여드름이 돋고 머리 모양이 촌스러웠을 때나 지금이나 그 눈빛만은 여전했다. 훗날 신우가 꼬부랑 할아버지가 되어도 녀석이 눈알 미남이라는 사실만큼은 달라지지 않을 것이다. 진심이 고스란히 비치는 그 눈빛은 세월 따위로 훼손될 게 아니었다.

신우의 연락처를 모른다는 건 내 일생일대의 실수이자 미스터리다. 신우가 날 찾아오지 않으면 지금껏 그래 왔듯 우연을 기다리는 수밖에 없다. 시간과 싸운다는 건 후회하지 않으려고 이 악물고 덤벼드는 일이다. 다시는 신우를 떠올리며 가슴 치고 싶지 않다. 감진 마을 이장 할아버지 말처럼 좋게 좋게 넘어가는 일은 없을 거다. 내가 짓이겨 버린 것들을 다시 복원하고 발굴할 것이다. 누구는 그걸 진실 규명이라 부르고, 누구는 괜한 고생이라 부를 테지만 내겐 그저 사람을 되찾는 일이다. 나의 존재와 깊이 연루된 이들을 찾고, 그들에게서도 나를 찾아내는 일……

"내 살다 살다 시골 오일장 데이트는 첨 들어 본다. 너네 둘만의 무슨 추억의 장소가?"

곤양 장 사건을 꼼꼼히 다시 기록하던 인애가 물었다.

나는 더는 인애를 속일 수가 없었다. 꽃년이 얘기를 꺼내지 않고서는 신우와 곤양 장에 같이 간 이유를 설명할 길이 없었다.

"저기, 인애야. 니한테 미처 말 몬 한 게 있다."

"뭔데?"

"전에 내가 업둥이라고 말했던 거 기억하나?"

"어."

나는 꽃년이에 대해 듣고 조사하고 짐작하는 바들을 죄다 털어 놓았다.

신우 얘기와는 달리 인애는 내가 말한 것들을 곧장 받아 적지 못했다. 인애도 상당히 충격을 받은 얼굴이었다. 내 얘기가 끝나자 인애는 내 손을 꽉 잡으며 짤막하게 말했다.

"대박!"

다음 날 인애는 도서관에서 빌린 두툼한 책을 들고 왔다. 인애가 내 눈앞에 펼쳐 준 페이지에는 부모 중에 정신 분열 환자가 있을 때 자녀가 같은 병을 앓을 확률이 그렇지 않을 때보다 훨씬 높다는 내용이 담겨 있었다.

"꽃년이라는 그분이 혼자 중얼중얼하고 다니신댔제?"

인애는 본 적도 없는 꽃년이를 두고 꼬박꼬박 말을 높였다. 꽃년이가 내 생모라고 확신하는 모양이었다.

"꽃년이 그분도 자기만 볼 수 있는 사람들이랑 사시는 기다, 니처럼."

인애는 나와 꽃년이를 아예 쌍으로 묶어 버렸다.

"니, 신우 전화번호 모른댔제? 그라믄 신우를 찾을 게 아니라 꽃년이 그분을 먼저 찾아보자. 그라고 신우 그눔아도 니가 꽃년이 그분 찾는 거 안담서? 혹시 아나? 니가 꽃년이를 찾아댕기다 보면 그눔아가 나타날지. 히야, 그리되면 꿈의 삼자대면이 드디어 실현

되는 긴데. 내는 니 증상을 99퍼센트 확신한다만 혹시 아나? 아무도 예상치 못한 1퍼센트의 진실이 나타날지. 니도 알제? 진실은 늘 세상 바깥에, 사람들의 생각 바깥에 있다. 더 트루쓰 이즈 아웃 데얼!"

멀더리안 인애가 눈을 치떠서 천장을 보았다.

어쩌면 인애의 상태가 나보다 더 심각할지 모른다는 생각을 하는데 인애의 눈길이 문득 내게로 돌아왔다.

"진아야, 이리 말하면 니가 내를 죽일라 들겠지만 이거는 내 진심이다. 내는 니가 쪼매 부럽다. 니한테는 찾아야 될 사람도 있고, 니 눈에만 빈다는 남신 외모 남자 친구도 있으니까. 멀더도 어릴 때 니처럼 그랬다. 남들은 멀더의 여동생이 그냥 실종된 줄 알았지만 멀더는 자기 눈으로 똑띡이 봤거등. 그날 밤에 외계인이 동생을 납치해 가는 거를 말이다. 하지만 어린애 말을 안 믿어 주는 거는 여 진주나 태평양 건너 미국이나 똑같거등. 그러니 진실은 묻혀 삐렸고, 멀더 혼자 그걸 가슴에 품고 살았다. 그란께 진아 니는 멀더랑 동급이다. 이런 선택받은 년."

"그라믄 니는? 니는 와 미스터리에 집착하는데? 혹시 니한테도 외계인한테 납치당한 동생이 있나?"

"이기, 약 올리나? 없응께 이라지. 삼천포 마트 주인 딸한테 뭘 바라노?"

잠시 잊고 있었다. 인애가 삼천포 아이란 걸. 인애는 삼천포 아이답게 자존심이 셌고, '잘 나가다 삼천포로 빠진다.'라는 속담만 들으면 광분했다. 인애네 부모님은 삼천포에서 작은 슈퍼를 했다.

"삼천포 마트 주인 딸로 산다는 거는 세상일이 현금 등록기 안에서만 돌아간다는 뜻이다. 띠링 차르르, 띠링 차르르. 그 소리가 존재의 근거이고 희망이며 전부다. 삼천포 마트 최대 미스터리는 우리 가게 외상값 삼만 원을 못 갚아 쩔쩔매던 공구점 할배가 창원에다 아파트를 장만한 일이다. 유치원 갔다 오면 띠링 차르르, 띠링 차르르 그랬다. 초등학교 갔다 와도 띠링 차르르, 중학교 때도 그랬다. 니도 그 소리를 한 십 년간 날마다 들어 봐라. 그라믄 절로 내처럼 된다. 어데 신기한 일 좀 없나 기웃거리면서."

인애가 땅이 꺼져라 한숨을 쉬었다. 심심한 위로라도 해 주어야 할 것 같아 인애의 어깨로 손을 올리려는데 인애가 갑자기 고개를 쳐들었다.

"하지만 인생은 반전의 연속. 누가 알았겠나? 내가 삼천포 마트에서 엑스파일을 만날 줄! 때는 바야흐로 엄마 아빠가 옻닭을 잘못 삶아 묵고 탈이 나가 병원에 간 날이었다. 니도 알제, 옻닭 두드러기? 아무튼 그날 내는 삼천포 마트 카운터에 앉아 계산을 했다 아이가. 말하자믄 사장 대리. 바코드를 찍고 띠링 차르르, 돈을 받고 거스름돈을 내주고 그러다 문득! 저짝 맞은편 벽에 걸어 놓은 텔레비전을 보고야 말았다. 엄마 아빠가 노상 틀어 놓는 기라서 벨 신경을 안 쓰고 있었는데, 그날 그 시간에 유선 방송에서 운명처럼 엑스파일이 방영 중이넌 기라. 그넌 미드가 있는 줄은 꿈에도 몰랐다. 화면이랑 등장인물들 바지통 너비 봉께 제작한 지는 좀 된 것 같았지만 장면 장면 미장센이 예술인 기라. 인상이 어리바리한 남자랑 찔러도 피 한 방울 안 나오게 생긴 여자랑 둘이서 미스터리한 사건을 해결할라꼬 용을 쓰는데, 그기 멀더랑 스컬리였다. 엑스파일 이후로 내가 이날 이때까지 온갖 미드, 영드, 일드를 섭렵했지만서도 아직 그만한 작품은 못 만난 기라.”

이쯤에서 나는 전부터 궁금했던 걸 물어보았다.

“그란데 멀더랑 스컬리 중에 멀더를 추종하게 된 특별한 이유라도 있나? 스컬리도 똑똑하고 멋진데 말이다.”

“니, 스컬리의 전직이 뭔지 알제?”

“알지, 의사.”

“그래, 의사다. 내는 딱 그 이력이 맘에 걸렸다. 니도 알제? 의대 갈라면 내신 1등급은 기본으로 받아 줘야 되는 거. 이 얼매나 비인간적인 조건이고? 멀더는 공무원 시험 정도 쳤을 긴데, 공무원 시험이야 내도 한 몇 년 고시원에서 죽자 살자 하면 안 되겠나? 니도 알듯키 내는 현실적인 아다. 우쨌거나 그렇게 멀더의 추종자가 되기로 맘을 묵고 봉께 내 일상이 지루한 것도 암시랑토 안 하더라. 그때부터 내는 뭔가 전문가적인 입장에서 미스터리를 좇게 되었다. 그리고 딱 이 시점에 내는 지금껏 조사하고 댕긴 일들 중에 가장 미스터리한 사건과 마주하고 있다.”

"그기 나란 말이가?"

"하모! 니랑 신우, 꽃년이 그분. 버뮤다 트라이앵글에 버금가는 박진아 트라이앵글! 내는 이 사건을 해결하는 데 내 청춘을 걸 참이다. 그란께 진아 니랑 내는 같은 배를 탄 운명이다."

인애의 얘기가 잘 나가다 또 삼천포로 빠지고 있었다.

3

폭염 주의보가 내린 날, 나와 인애는 보충 수업을 빼먹고 일찌감치 진교 장으로 출발했다.

3일과 8일에 서는 진교 장은 단감과 벌꿀로 유명하다. 하지만 아직 여름이라 단감은 없었고, 장터의 풍경은 곤양 장, 서포 장, 완사 장과 그리 다를 게 없었다. 전동 파리채가 윙윙 돌아가는 생선 가게와 말린 묵나물 다발을 파는 할머니들과 박스 골판지에 '냉장고 티 완 플라스 완'이라 써 붙인 옷 가게가 있었다.

"야, 진아야. 이런 날은 꽃년이 그분도 마트에 가 계실 것 같은데, 니 생각은 우떻노? 지금이라도 돌아갈까?"

인애는 짜증스레 손부채질을 했다.

"엑스파일 봉께 멀더는 극지방에도 가고 그러더만. 이런 엄살로 점철된 짝퉁 멀더 같으니!"

내가 눈을 흘기자 인애는 뜨끔한 얼굴로 주변을 둘러보았다.

나는 인애를 데리고 과일 가게로 갔다. '아삭아삭 아오리 맛없음 공짜!'라는 해석의 여지가 분분한 표지판을 내건 가게였다. 많고 많은 가게 중에 이곳을 고른 이유는 주인 여자가 젊어 보여서다. 지난번 곤양 장에서 만난 생선 장수 할머니처럼 오랫동안 장터에서 지낸 사람들은 꽃년이를 으레 있는 풍경쯤으로 인식하고 그다지 눈여겨보지 않는 것 같았기 때문이다. 하지만 젊은 사람 눈에는 꽃년이가 이물스럽고 도드라져 보이지 않을까 싶었다.

나는 과일 가게 여자에게 꽃년이의 행방을 물었다. 한참 생각하던 여자는 그제야 생각났다는 듯 말했다.

"아! 그 아지맨지 할맨지 모를 여자 말인갑네. 봤다. 지난 서포 장에서 봤다. 그라니까 보자, 나흘 전이네. 그란데 그 여자를 와 찾노? 정신이 나간 거 같던데."

여자는 내가 꽃년이와 닮았다는 말은 하지 않았다. 꽃년이의 젊은 시절을 모르기 때문인 듯했다.

"꼭 만내야 할 일이 있어서요. 그라믄 그 아줌마를 보거든 제가 찾더라고 꼭 좀 전해 주이소. 감진 마을에 살고 진주에서 고등학교 댕기는 박진아가 만나고 싶어 한다고요."

"뭔 일인지는 모리겠다만 그래, 알았다."

나는 다른 가게로 가려다 말고 나시 물었다.

"아줌마, 그 꽃년이…… 우짜고 있던가예?"

"우짜기는. 정신이 온전치 않다 봉께 사람들한테 이리 치이고 저리 치이고 그라지, 뭐. 잇몸이 다 주저앉아서 내가 천도복숭아를 줘도 잘 못 묵더라. 송곳니로 쪼맨쓱 갉아 먹는 게 영 시원찮았거 등. 옷은 누가 꽃년이 아니랄까 봐 아래위로 꽃분홍색으로다가 쫙 빼입었더만."

잇몸이 주저앉았더라는 말이 가슴에 맺혔다. 시간을 지배하는 누군가가 모래시계를 획 뒤집으며 으름장을 놓는 것 같았다. 얼른 찾지 않으면 더한 것도 주저앉을 거라고.

인애가 아이스크림을 사 왔다. 물론 아이스크림값은 인애가 내 지갑에서 꺼내 간 것이다.

"이거 묵고 기운 채리라."

"내 기운 없지 않다."

말이 희한하게 꼬였다.

"강한 부정은 긍정이라는 거 니도 알제? 니 아까 과일 가게 아줌 마 앞에서 울라 그라더라. 심하게 감정 이입을 한 거 같던데."

"감정 이입 같은 소리 하고 있다. 그냥 좀 짠해서 그라지. 내랑 아무 상관 없는 사람 이야기라 쳐도 불쌍한 거는 사실이다 아이 가."

"알았다. 그란께 녹기 전에 아이스크림이나 묵어라."

아이스크림이 줄줄 녹아내렸다. 우리는 양말 수레 옆에 쪼그리고 앉아 아이스크림을 핥았다.

"인애야."

"와?"

"니는 진짜로 있는 사람 맞제?"

"그걸 말이라 하나?"

"지난번에 신우가 딱 이 타이밍에서 사라졌거든. 물론 그렇다고 해서 신우가 헛거라고 생각은 안 한다. 보고 만질 수 있는 아를 환상으로 취급하는 건 말이 안 되니까. 지멋대로 사라지는 거야 그 녀석 주특기니까 뭐 놀랄 일도 아이다. 그란데 그냥 겁이 난다. 머릿속이 질척질척 곤죽이 된 것 같다."

"그거는 당연한 반응이다. 지금 니가 혼란스러운 거는 신우 때문이 아이다. 생모일지도 모리는 사람의 소식을 들었는데 아무렇지도 않은 게 이상하지."

인애가 내 어깨를 토닥거렸다.

"그란데 와 너네 부모님이나 너네 마을 어른들은 니 생모를 찾아볼 생각을 안 했을까? 처음부터 니가 업둥이라는 걸 탁 까놓고 키웠담서. 그거는 말하자면 공개 입양 아이가. 그라믄 당연히 생모에 대한 것도 알아봐 줘야지. 안 그럴라믄 입양이란 걸 감추등가. 이도 아이고 저도 아이고 너네 동네 어른들 참말 이상하다."

"어른들은…… 감진 마을 노인들은 좋게 좋게 넘어가는 걸 최고로 치거등. 꼬치꼬치 캐묻는 걸 젤로 싫어한다."

"좋게 좋게 넘어갈 일이 있고 캐물어야 할 일이 따로 있지. 하기야, 그기 어디 느그 동네 할매 할배들 문제뿐이겠나? 삼천포 사정도 다르진 않다. 걸핏하면 외상으로 물건을 들고 가는 공구점 할배도 그렇고 우리 아빠도 마찬가지다. 우리 할배 실족사가 아니라 스스로 목숨을 끊은 긴데 아빠는 그 이야기 꺼내지도 몬하게 한다. 할배가 노름빚이 있었거등. 엄마 아빠가 슈퍼 해서 번 돈을 뭉탱이로 갖다가 노름판에 뿌린 기라. 그 일이 발각되고 나서 아빠랑 할배는 서로 남남처럼 지냈다. 할배는 내나 우리 엄마만 보면 자기가 생멩 보험을 들어 났다 그람시로 노름빚 갚아 줄 기라고 말을 해쌌던 기라. 그런 할배가 집 옥상에서 떨어졌으믄 뻔한 거 아이가? 실족사가 아니라 자살이다. 불쌍한 우리 할배. 맘이 얼매나 아팠을까. 그란데 우리 아빠는 그 얘기는 입도 뻥긋 몬 하게 한다."

인애는 아이스크림이 손등으로 뚝뚝 흘러내리는 것도 모르고 한숨을 쉬었다. 나는 인애의 어깨를 두드려 주었다. 멀더리안 인애에게도 마음 뻐근한 구석이 있었던 것이다.

"너무 슬프게 생각지 마라. 진짜로 실족사였을 수도 있다 아이가."

그러자 인애가 정색을 했다.

"박진아! 니, 내 모르나? 내는 멀더 추종자다. 내가 증거도 없이 그런 결론을 내릴 사람으로 보이나? 우리 집 옥상에는 할배가 할 일이라곤 아무것도 없다. 하다못해 화분이라도 하나 있었으면 물 주러 갔다가 사고가 났으려니 하겠지만 화분 같은 건 있지도 않았다. 옥상에 있는 기라고는 빨랫줄이 단데, 그날따라 할배 빨래도 없었다. 그란데 할배가 뭐한다고 옥상에 갔을 기고? 내는 아빠가…… 지금이라도 돌아가신 할배 맘을 달래 줬으면 좋겠다."

인애는 눈물이 글썽한 눈으로 아이스크림을 마저 먹었다. 나는 인애의 어깨에 머리를 기댔다.

어른들은 수면 아래로 가라앉은 것들을 다시 헤작이는 걸 싫어한다. 서해 바다에서 우리와 동갑내기 친구들을 태운 배가 가라앉았을 때도 그랬다. 어른들은 그건 어른들이 알아서 할 일이니 우리더러 공부나 하라 했다. 이번에도 엄마나 감진 마을 노인들은 내가 꽃년이를 찾지 말았으면 한다. 하지만 난 찾고 싶다. 잇몸이 주저앉아 천도복숭아를 송곳니로 갉아 먹는다 해도, 무참한 꼴을 하고 있어도 그 사람을 만나 보고 싶다. 그가 정말 내 기원이 되는 사람인지, 우리가 정말 닮았는지 나는 그걸 확인할 권리가 있다.

지난 서포 장에 꽃년이가 나타났다는 사실을 확인한 건 큰 수확이었다. 서포 장은 4일, 9일에 선다. 지난 서포 장이라면 나흘 전, 9일 자에 섰던 장이다. 나와 인애는 검정 표지 노트에 그 사실을 기록해 두었다.

나는 진교 장터를 돌며 계속 꽃년이의 행방을 수소문했다.

엿장수 부부에게서 꽃년이가 지난 7일 자 하동 장에 나타났다는 애길 들었다.

7일 자 하동 장, 9일 자 서포 장⋯⋯. 꽃년이는 생각보다 가까이 있었다. 꽃년이의 이동 경로나 패턴은 모르지만 오일장이 서는 곳을 따라 옮겨 다닌다는 것만은 확실했다. 그렇다면 오늘도 꽃년이는 어느 장인가에 있다는 뜻이다.

묵나물 다발을 파는 할머니에게 갔다.

"할머니, 4일, 9일에 장 서는 데가 여 말고 또 있십니꺼?"

"있지. 삼천포 장, 화계 장, 덕산 장, 단계 장. 내가 아는 것만 해도 네 군데나 된다."

그 어딘가에 꽃년이가 있을 것만 같았다.

묵나물 할머니 곁에 아예 쪼그리고 앉아서 장터와 장이 서는 날짜를 받아 적었다. 그때였다. 웬 그림자가 드리워지더니 누군가 내 등을 툭툭 건드렸다. 몸을 틀어 올려다보니 신우였다.

"오랜만이다, 박진아."

뭐라 대꾸하고 싶은데 할머니와 인애가 신우의 존재를 모르는 눈치였다.

"야, 니 아직 화 안 풀렀나? 지하상가에서 내 그리 팼으면 그만 화 풀어야지. 맞은 건 난데 니가 와 그리 샐쭉한데?"

나는 인애 몰래 손을 뻗어 신우의 손을 잡아 보았다. 볼펜을 쥔 느낌이 분명하듯이 신우의 손을 쥔 느낌도 분명했다. 내 손의 모든 감각이 신우는 실제로 존재하는 아이라고 말하고 있었다.

신우가 뭔가를 가리켰다. 호스와 공구 등을 파는 철물점 쪽이었다. 철물점 주인 사내가 내 쪽을 바라보고 있었다.

"저 사람, 아까부터 니를 보고 있더라."

나와 눈이 마주치자 사내는 시선을 딴 데로 돌렸다. 철물점 사내가 나와 인애를 쳐다본다는 건 나도 알고 있던 일이다. 하지만 시골 장터에 여자애들이 나타났으니 쳐다볼 수도 있지 싶어 특별히 신경 쓰지 않았던 터다.

"저 새끼 손 좀 봐 줄까?"

사람이 사람을 쳐다본 게 무슨 손봐 줄 일이냐고 되묻고 싶었지만 인애 때문에 말을 할 수가 없었다. 지난번 곤양 장에서도 신우는 개소줏집 아저씨를 손봐 줘야 한다며 떠들었다.

나는 노트와 볼펜을 인애에게 맡겼다.

"인애야, 나 화장실 좀 갔다 올게. 여 있어라."

나는 신우의 손을 잡아끌고 옷 가게 뒤편으로 갔다. 하지만 거기서도 맘이 안 놓였다. 인애의 눈길은 피했지만 옷 가게 아줌마가 날 보고 있었기 때문이다.

"뭐 살라꼬?"

아줌마가 물방울무늬 여름 파자마를 내 앞쪽으로 내걸며 말했다.

나는 다시 신우 손을 끌고 시장 골목을 벗어나 서포 약국 건물 뒤편으로 갔다. 그제야 신우를 똑바로 마주 볼 수 있었다.

"야!"

숨이 찼다.

"와?"

녀석은 태연하기만 했다.

"니 도대체 뭔데? 니 귀신이가? 와 남들 눈에는 안 비고 내 눈에만 비는데? 와 내 친구는 니를 못 보고 니 목소리도 못 듣는데? 말해 봐라. 아는 대로 다 불어라. 내 지금 미치고 팔짝 뛰기 일보 직전이거등."

"뭔 소리고? 니 더위 묵었나?"

그때까지 나는 신우가 나에게 뭔가를 숨기고 있을지 모른다는 생각을 했다. 하지만 녀석의 눈빛은 투명하기만 했다. 눈알 미남 신우는 자기가 아는 대로 내게 말하는 중이었다. 신우는 아무것도 몰랐고, 자기가 내 눈에만 보인다는 것도 모르는 눈치였다. 그런 신우를 두고 보이니 안 보이니 따지는 건 의미가 없을 것 같았다.

"니 와 자꾸 사람들을 손봐 준다는 긴데? 그 아저씨들이 나한테 뭔 잘못을 했다고?"

"저번에 내가 말했을 긴데. 나는 니한테 해코지할라는 사람은 못 참는다고, 언제고 화근이 될 만한 연놈이면 미리 손을 봐 줘야 한다고 말이다."

"저 철물점 아저씨가 내를 해코지할지 니가 우찌 아는데?"

"그냥 딱 보면 안다. 일단 재수 없게 쳐다보는 눈빛부터가 싫다.”

나는 신우의 느낌을 믿고 싶었다. 삼 년 전 다리 밑에서 같이 가출하자고 농담처럼 말했을 때도 신우는 그게 내 진심임을 알아차렸던 아이다.

“그래, 그라면 내가 직접 확인해 볼게.”

나는 신우를 끌고 장터 철물점으로 갔다. 주인 사내는 부엌 가위를 사러 온 할머니를 상대하고 있었다. 나는 손님이 빠지길 기다렸다가 사내에게 물었다.

“아저씨, 혹시 저 알아요?”

“그기 뭔 말이고? 내가 니를 우찌 알 기고?”

사내가 어이없는 얼굴로 되물었다.

“그란데 와 자꾸 쳐다봅니꺼?”

나는 아저씨가 버릇없다고 화를 내길 바랐다. 하지만 아저씨는 속내를 들킨 사람처럼 헛기침을 하더니 얼버무렸다.

“니가…… 내 아는 사람하고 상당히 닮은 것 같애서 쳐다봤다.”

“꽃년이 말입니꺼?”

그 말에 아저씨는 눈을 동그랗게 떴다.

“니가 꽃년이를 우찌 아는데?”

“꽃년이랑 닮았단 소리를 심심찮게 들었거든예. 그란데 아저씨는 꽃년이랑 친해요?”

“내가 그 미친년이랑 뭐한다고 친하게 지낼 기고?”

"친하면 뭣 좀 물어보라 했는데."

"뭣을 물어보라 했는데?"

"혹시 꽃년이가 임신을 한 적이 있나 싶어서요. 열여덟 해 전쯤에 말입니더."

"어? 그걸 와 나한테 묻는데? 꽃년이가 아를 배거나 말거나 내랑 뭔 상관이라고."

사내는 흐트러지지도 않은 AA 건전지 다발을 정리했다.

나는 사내를 두고 돌아섰다. 신우는 자기가 왜 장터 사내들에게 화를 내는지 확실한 이유를 대지 못했다. 기껏해야 눈빛이 기분 나쁘다는 게 다였다. 어쩌면 사내들에게 화를 내야 할 사람은 나인지도 모른다. 그들은 내 얼굴에서 단박에 꽃년이를 유추해 내고, 꽃년이가 임신을 한 적 있느냐는 물음에 하나같이 허둥댔다.

이번엔 신우에게 물을 차례였다.

"니, 전화번호 뭔데?"

"빨리도 물어본다."

"그라믄 휴대폰이 있다는 말이가?"

"당연하지. 요새 휴대폰 없는 사람도 있나?"

나는 신우가 알려 준 번호를 내 휴대폰에 저장했다. 이제 인애의 이론을 반박할 구실이 생겼다. 전화번호를 보면 인애도 신우에 대한 의심을 접을 터였다. 정신 질환이 빚은 환상이 휴대폰까지 들고 다닌다는 얘기는 들어 본 적이 없으니까. 조만간 우린 물리가 말한 삼자대면을 할 수도 있을 것이다.

"일단 오늘은 여기서 헤어지자."

"와?"

신우가 서운한 얼굴로 물었다.

"친구랑 같이 왔는데, 오늘은 그 친구랑 둘이서 할 일이 쪼매 많다. 담에 셋이 진주서 한번 보자. 그때 정식으로 소개할게."

"그 친구가 저기 저 아가?"

신우가 인애를 가리켰다.

"어."

인애는 저만치 묵나물 할머니 곁에서 뭔가를 받아 적고 있었다.

"내는 저 아 별로다."

"와? 내랑 가장 친한 친군데."

"그냥 맘에 안 든다. 니 아까 딴 사람들 눈에는 내가 안 보인다고 헛소리를 해 대더마는 저 아 때문이가? 저 아가 그러드나? 내가 안 보인다고?"

"어……."

"가서 전해라. 내 언제 한번 날 잡아서 손봐 준다고."

신우의 눈이 번뜩였다.

"야! 강신우! 니, 보자 보자 하니까 참말로!"

나도 모르게 소리를 질렀다.

인애가 날 보고 있었다.

4

"귀신은 속이도 내는 몬 속인다."

인애가 추궁했다. 사람들의 눈길이 우리에게 쏠렸다. 나는 순식
간에 발가벗겨지고 속속들이 해작여진 느낌이었다.

"그만하자."

"뭣을 그만하라는 긴데? 와 내를 속일라 드는데? 우린 같은 배
를 탄 사이란 걸 까묵었나?"

"목소리 좀 낮춰라, 니. 사람들 다 쳐다본다."

"사람들이 쳐다본다고? 정신 채리라, 박진아. 니가 아까 시장통
에서 혼자 소리를 질러 댈 때 이미 사람들은 니를 또라이라고 생
각했을 기다. 그란께 사람들 이목 말고, 뭣이 우찌 된 일인지 말을

좀 하란 말이다. 또 그눔아가 보이드나?"

　신우가 차라리 사라져 버리면 좋을 텐데, 녀석은 아까부터 과일 가게 앞에 서서 인애를 노려보고 있었다. 녀석과 인애 사이에서 나는 신우가 보인다고도, 안 보인다고도 말할 수 없었다.

　"제발, 인애야. 한 번만 넘어가 줘라."

　"하이고, 좋게 좋게 넘어가자고? 없던 일로 대충 얼버무리자고? 니, 그기 싫어서 이 일에 뛰어든 거 아이가?"

　이 순간만큼은 인애가 미웠다.

　나는 인애를 두고 버스 터미널 쪽으로 내달렸다. 하지만 인애는 끈덕지게 따라와 나를 붙잡았다.

　"박진아, 내 눈 똑바로 봐라. 지금 우리 주변에 그눔아가 있나 없나?"

　신우는 인애와 나, 바로 옆에 와 있었다.

　나는 인애도 신우도 똑바로 쳐다볼 수 없었다. 자칫하면 둘 중 하나가 내 인생에서 소거될 것 같았다. 그건 최악의 시나리오다. 난 인애도 좋아하고 신우도 좋아하니까.

　"있네. 니 얼굴에 딱 쓰여 있다. 강신우한테 전해라. 오늘은 날도 덥고 그러니까 좀 꺼지라고."

　신우의 얼굴이 붉으락푸르락해지는가 싶더니 인애를 향해 손을 치켜들었다.

　"야, 강신우! 내 친구한테 뭔 짓이고!"

나는 신우를 막아섰다. 하지만 신우는 내 손목을 틀어쥐고는 인애 쪽으로 떠밀어 버렸다. 그 바람에 인애까지 바닥에 고꾸라지고 말았다.

"인애야, 괜찮나?"

나는 인애의 손을 잡아끌었다.

"야! 신우 핑계 그만 대라. 지금 내를 밀친 건 니다, 니!"

인애가 내 손을 뿌리치며 말했다.

나는 얼떨떨한 기분으로 인애를 보았다. 멀더리안 인애는 이 와중에도 총명하고 호기심 그득한 눈으로 사태를 파악하고 있었다. 인애 파일로는 설명할 수 없는 일들……. 저 똑똑한 인애는 날 이해 못 할 것 같았다.

"다 말할게. 잘 봐라."

나는 손을 뻗어 신우를 만졌다.

"이기 신우다. 여기가 가슴팍, 여기가 팔, 이기 신우 손이다."

신우의 손이 또 꾀죄죄했다. 맘이 아팠다. 나에게 신우의 포옹이 위로가 됐듯, 신우에게도 내가 필요한 사람이었으면 싶었다. 나는 몸을 구부리고 앉아 신우의 신발을 만졌다.

"이기 신우의 신발이다. 신우는 파란색 뉴발란스 운동화를 신었다."

마지막으로 신우의 얼굴을 만졌다.

"이기 신우 코, 이기 이마, 이거는 정수리다. 신우는 이렇게 만져

지는 아다."

인애는 얼어붙은 얼굴로 가만히 있었다. 나는 그런 인애를 남겨 두고 신우의 손을 잡고 그 골목을 벗어났다.

"괜찮겠나? 니 친구 엄청나게 충격받은 얼굴이던데."

"내도 모린다. 일단 걷자, 좀."

우리의 첫 번째 삼자대면은 이렇게 끝났다. 새로운 결론 같은 건 없었다. 인애와 나는 한 치도 의견 차이를 좁히지 못했다.

"니, 앞으로 내가 전화하면 재깍 달리와야 한다. 알긋나?"

"어, 방학 때는 얼마든지 불러라. 학기 중에는 밤에만 오케이."

"신우야, 환상 같은 건 뭔가 불행한 아한테만 보이는 거 아이가? 그란데 내는 벨시리 불행한 게 없거등. 업둥이라 해도 엄마 아빠 사랑 독차지하고 자랐지, 감진 마을 노인들 관심도 넘치게 받았지, 용돈도 남들만큼 쓰지, 내가 뭐 부족한 게 있어야지. 그라니까 니 는 환상이 아이다. 또 내가 꽃년이를 찾는 거는 불행해서가 아이 다. 뭐라 해야 될까, 꽃년이 얘길 듣고도 가만있을라니까 내가 무 슨 뺑소니범이 된 것 같은 기분이 들더라. 못 본 척할 수 없고, 심 장이 벌벌 떨리도 내 눈으로 디다봐야 맘이 놓일 것 같고. 니 보기 에도 내가 미친 것 같나?"

신우는 대꾸가 없었다. 어느덧 신우는 사라지고 신우의 손을 쥐 고 있던 내 오른손은 달궈진 보도블록만큼이나 후끈하고 땀이 흥 건했다. 허탈해하지 않기로 했다. 신우에겐 나타났다 사라질 권리가 있다. 나는 좀 남다른 경험을 하는 거다. 기억하진 못하지만 내 인생 자체가 남다른 경험으로 시작된 터다. 남의 집 문 앞에 버려진다는 게 흔한 일은 아니니까.

괜찮다고 수없이 되뇌었지만 내 안에서 뭔가가 허물어져 내리는 느낌이었다. 나 자신이 미웠다. 그날 이후로 거울만 보면 절로 '나쁜 년!' 소리가 튀어나왔다. 나는 인애를 시장 골목에 두고 왔다. 그건 신우가 날 곤양 장에 두고 가 버린 일과는 비교가 되지 않을 정도로 지독한 짓이다. 나와 인애는 잡종 셰퍼드와 거위 같은 관계였다.

어릴 적 횡천댁 할머니의 잡종 셰퍼드에게 쫓겼던 적이 있었다. 심장이 터지도록 내달리던 것만 생각날 뿐 어떻게 끝났는지는 기억에 없다. 그날의 결말을 알려 준 건 엄마였다.

"동네에 그 개를 말릴 수 있는 건 하나뿐이던 기라."

"그기 누군데?"

"횡천댁 할망구네 거위."

"거위?"

"하모. 그 개새끼가 쪼맨했을 때부터 같이 자란 거위가 있었다. 쎄빠뜨는 주인이고 나발이고 소용도 없고 그 거위 말만 듣던 기라. 니가 동네를 한 바꾸 뛰고 왔을 때 횡천댁 할망구가 거위를 끌고 와 가지고 쎄빠뜨를 잡아 세웠다."

처음 엄마에게 그 얘길 들었을 땐 거위가 대단하다고만 생각했다. 하지만 인애랑 절교 아닌 절교를 하고 난 뒤 거위와 셰퍼드의 일이 새로운 의미로 다가왔다. 괴물 같은 셰퍼드를 잡아 세운 건 거위의 카리스마가 아니었다. 그건 셰퍼드와 거위가 공유한 기억, 둘만의 시간이었다. 제아무리 성질 사나운 셰퍼드여도 그 시간의 지배를 받는 거였다. 나를 일상에서 건져 낸 게 신우라면, 내 머릿속에 몰아치는 광증에서 나를 건져 내는 건 늘 인애였다. 그런 인애가 없으니까 내가 차츰 괴물 셰퍼드로 변해 가는 느낌이었다.

장터에서 돌아온 이후 신우가 한번 손봐 줘야겠다고 지목한 사내들이 자꾸 생각났다. 그들이 미웠고 구실도 없는데 앙갚음을 하고 싶었다. 한번은 하숙집 앞 슈퍼 아저씨에게 괜히 화를 냈다가 쫓겨나기도 했다. 아저씨는 계산하려고 날 쳐다봤을 뿐인데 내가 따져 물었던 거다.

"왜요? 왜 자꾸 쳐다보는 건데예?"

하마터면 아저씨도 꽃년이를 아느냐고, 내가 꽃년이를 닮아서 그러느냐고 물을 뻔했다. 아저씨한테 쫓겨나 하숙집 골목에 서서 질척질척 울어 대면서 깨달았다. 그날 장터에 두고 온 건 인애가 아니라, 인애로 대변되는 나의 세상이었다. 나는 그 세상을 두고 신우 손을 잡아 버린 것이다.

나는 결국 내 발로 물리를 다시 찾아갔다.

물리와 나는 지난번에 만났던 편의점 파라솔 아래 마주 앉았다. 물리의 손등에 붉은 도장이 찍혀 있었다. 주먹을 꼭 쥐고 어디론가 달려가는 앙증맞은 캐롤이었다.

"샘은 캐롤이 왜 좋은데예?"

내 시선이 자기 손등에 머물러 있다는 걸 알아차린 물리는 손을 홱 뒤집어서는 따닥따닥 손가락 장난을 했다.

"캐롤은…… 친절하다."

"어떻게 친절하단 말인데예?"

"그러니까…… 캐롤은 내가 밥 달라믄 밥을 주고, 보여 달라믄 보이 주고 해 달라는 대로 다 해 주고, 이날 이때까지 내 요구를 거절하는 법이 없었다."

물리는 순정 가득한 표정으로 청소년 관람 등급을 상회하는 듯한 이야기들을 늘어놓았다. 나는 물리와 캐롤의 사생활에는 관심이 없다. 그렇지만 나와 물리에게는 타인들과 공유할 수 없는 존재가 있다는 공통분모가 있었다. 물론 캐롤과 신우는 달랐다. 캐롤이 물리의 기대치에 따라 창조된 인물인 반면 신우는 아니었다. 녀석은 제멋대로였고 걸핏하면 누굴 손봐 주겠다는 둥 성질을 부려 댄다. 그러니 신우는 내가 만들어 낸 인물이 아니다. 신우는 개성을 가진 타인이다.

"샘, 캐롤은 가상 인물이라고, 고마 정신 채리라고 막 일갈하는 친구는 없었십니꺼?"

"어, 없었다. 내는 친구 자체가 없으니까."

"샘은 와 선생님이 됐십니꺼? 혼자 조용히 작업하는 예술가가 됐으면 딱 좋았을 긴데. 전부터 느낀 긴데요, 선생님은 우리 가르치는 게 억수로 피곤해 보입니더."

"맞나? 뭐, 우짤 수 없다 아이가. 그래도 내는 선생 된 거 후회 안 한다. 캐롤을 만났으니까. 내가 캐롤을 처음 본 게 학교에서였거등. 수업 시간에 웬 놈이 내 설명은 안 듣고 뭣을 끼적끼적 그리고 있더라고. 그래서 빼앗았더만 그기 캐롤이라. 첨에는 캐롤이라는 이름도 몰랐던 기다. 압수한 그림을 교탁에 놓고 수업을 하는데, 그 그림 속 소녀가 말을 걸더라."

"무신 말을예?"

물리는 한참이나 뜸을 들이다가 대답했다.

"오빠, 오빠, 오빠, 나 좀 봐 주라."

나중에 내가 미쳐서 싸돌아다니더라도 물리만은 정신을 차렸으면 좋겠다.

나는 물리에게 진교 장에서 벌어진 삼자대면을 낱낱이 털어놓았다. 물리는 즉각적인 논평을 보류했다. 자기 머리가 내린 결론과 자기 가슴이 내린 결론이 다르다고만 했다. 그게 무슨 뜻인지 알 것 같았다. 물리 역시 인애처럼 내가 환상을 본다는 결론을 내린 것이다. 그럼에도 나에게서 신우를 빼앗아서는 안 된다고 느끼는 것이다. 만화 「피너츠」의 라이너스에게서 담요를 빼앗으면 안 되듯이, 그리고 자신에게서 캐롤을 빼앗아선 안 되듯이.

"샘, 제가 신우를 계속 만나도 괜찮다고 생각하십니꺼?"

"괜찮니 안 괜찮니 하면서 내가 왈가왈부할 일은 아닌 것 같다. 그란데 쪼매 맘에 걸리는 거는 신우가 인애를 때릴라꼬 했다는 점이다. 내는 세상의 모든 폭력을 싫어한다."

물리는 어마어마한 폭력 사건이라도 난 것처럼 몸서리를 쳤다. 물리 말을 듣고 보니 당장에라도 인애를 만나야 할 것 같았다. 이번에는 인애가 나한테 돌아올 때까지 기다려서 될 일이 아니다. 그날 먼저 폭력을 쓴 건 신우였다. 인애는 자기를 떠민 게 나인 것처럼, 그 모든 폭력의 원인이 나라는 듯이 쏘아보았지만 우리 사이에 그런 뾰족한 눈 흘김이야 몇 초 만에 사라져 버릴 일이었다. 그런데도 나는 바닥에 나동그라진 인애에게 미안하다는 말도 없이 신우 손을 잡고 달아나 버렸다. 그러니 인애는 내가 많이 미웠을 것이다. 인애 파일 속 미제 사건들이 다 해결될 때까지 인애가 그날의 일을 곱씹는다 해도 난 할 말이 없다.

5

하숙집으로 몇 번 인애를 보러 갔지만 그때마다 인애는 외출 중이었다. 일부러 날 피하는 건지 일이 있어 나돌아 다니는 건지는 알 수 없었다. 사흘 내리 인애를 찾아갔던 나는 진교 장에서의 일을 사과하는 쪽지를 남겨 놓았다.

나는 혼자 꽃년이 수색 작업을 재개했다. 보충 수업을 마치고 3일과 8일에 서는 진교 장으로 갔다. 반나절 가까이 장터에 머물렀지만 꽃년이는 보이지 않았다. 이번에는 장터 어른들한테 소식을 캐묻는 대신 내 연락처를 남겨 놓았다. 꽃년이를 보거든 나한테 전화를 해 달라고 했다. 맨입으로 부탁하면 안 들어줄지도 몰라서 비타민 음료수도 하나씩 쥐여 드렸다. 무작정 꽃년이가 날 찾아오기만 기다릴 수 없어서였다.

진교에서 버스를 타고 진주로 돌아왔을 때는 이미 날이 저물어 있었다. 시외버스 터미널에서 하숙집으로 가는 시내버스로 갈아 탔다. 시내버스가 방송국 사거리 앞에서 정차했을 때였다. 누군가 차창 밖에서 내가 앉은 쪽 창문을 툭툭 두드렸다. 나는 창문에 얼굴을 바싹 붙이고서 바깥을 살폈다.

창밖에 신우가 있었다. 신우는 배시시 웃으며 시내버스를 따라 뛰겠다는 몸짓을 했다.

위험해, 그러지 마.

입 모양으로 말했지만 신우는 못 알아듣는 것 같았다. 결국 나는 빡빡한 창문을 밀어젖혔다.

"야, 박진아. 어데 갔다 오는 길이고? 또 꽃년이 찾으러 오일장에 갔드나? 내한테 연락을 하지."

버스가 출발하려 했다.

"이따가 전화할 테니까 일단 좀 떨어져라. 그러다 바퀴에 훅 딸려 들어간다, 니."

나는 창문에 들러붙어 있는 신우를 떼어 냈다.

"학생, 에어컨 켜 났는데 뭐하는 짓이고? 퍼뜩 창문 닫아라."

버스 기사가 고함을 쳤다. 나는 잠시 고민하다 결국 차에서 내렸다.

신우는 사거리의 불빛 속에 서 있었다. 속눈썹 그늘 하나하나 생생했고, 바람에 가로수가 흔들리는 방향대로 녀석의 옷자락이 나부꼈다. 나는 신우가 정말 내 눈앞에 존재한다는 걸 안다. 그리고 남들 눈에는 이 녀석이 보이지 않는다는 사실도 안다. 이 모순된 현실을 이해할 방법은 없다.

언젠가 물리 시간에 들은 반물질 이야기가 떠올랐다.

"보통 전자는 마이나스 전하를 가지고 있다. 그란데 전자의 반물질이라는 게 있거등. 그거는 뿌라스 전하, 즉 양전하를 가지고 있다. 이런 물질과 반물질이 만내믄 무슨 일이 생길까? 뭐, 다들 아무 생각이 없제? 쯧쯧. 둘이 만내믄 서로 상쇄돼 가 빛으로 바뀌 뿐다. 그래서 호킹 박사는 이런 말을 했다. 당신이 당신의 반물질을 만내거들랑 절대로 악수를 하지 마라.『시간의 역사』라는 책을 보믄……."

그때 우리 반 아이들은 거지반 졸고 있었다. 물리의 수업이 또 옆길로 샜다는 걸 직감한 몇몇 애들은 각자 알아서 문제집을 풀기도 했다. 하지만 교과 진도와 상관없는 얘기를 더 좋아하는 나는 한 손으로 턱을 괸 채 물리의 이야기를 듣고 있었다. 그날 물리가 들려준 이야기는 좀 어려웠다. 처음에는 반물질이라는 용어의 '반'이 '반건조 오징어' 할 때 쓰는 '반'인지, '반독재 운동' 할 때 쓰는 '반'인지도 몰랐다. 하지만 악수를 하지 말라는 대목에서 느낌상 반대의 뜻이라는 걸 알았다.

그날 물리에게 들은 대로라면 나는 지금 현실과 반현실의 경계에 서 있는 거다.

신우가 찾아오기 전 나의 삶은 지난 열여덟 해의 하루하루가 쌓인 현실이었다. 인애가 있고, 앙주 옷집 반바지가 있고, 엑스파일 DVD와 조미 쥐포가 있는 일상이었다. 하지만 내 눈앞에 또 하나의 현실이 나타났다. 신우가 돌아온 것이다. 구정물을 뒤집어쓰고 달아났던 녀석은 훌쩍 자라난 모습으로 돌아왔다. 두 현실은 벌써 부딪치기 시작했다. 통통 충돌하다 마침내는 물리의 말처럼 빛으로 바뀌어 버릴지도 모른다. 결국 이 팽팽한 싸움의 끝은 나의 소멸이다. 거기까지 생각이 미치자 눈물이 났다.

"신우야."

"박진아, 와 우는데?"

신우가 나를 안아 주었다. 신우에게선 베이비 로션 냄새와 땀 냄새가 났다. 어디서부터 걸어왔는지 티셔츠의 등 부분이 땀으로 축축했고, 숨을 쉴 때마다 신우의 가슴팍이 부풀었다 꺼지길 반복했다. 나는 이토록 생생한 신우를 잃을 수가 없다. 그래서 더더욱 이 현실을 검증해야 한다.

"강신우, 니 점점 이상해지는 거 아나?"

나는 신우를 떼어 내며 따져 물었다.

"뭐가?"

"난 니가 우리 동네로 다시 내를 만내러 왔을 때만 해도 네가 엄청 멋지고 든든하게 느껴졌다. 니랑 함께라면 어디든 갈 수 있을 것 같았다. 그란데 니가 자꾸 철딱서니 없이 구니까 내가 니를 우찌 대해야 할지 모리겠다."

"내가 뭣을 철없이 굴었다는 긴데?"

"지금 이 상황만 봐도 안 그러나? 세상에 버스 옆에서 따라 뛸라 하는 사람 잘 없다. 니, 영화 찍나?"

"그거야 니를 봐서 반가운 맘에 그랬지."

"그라믄 버스를 타등가. 와 자꾸 나만 알아볼 수 있는 방식으로 다가 나타나고 사라지고 그라는데? 니는 내가 진교 장에 있는지 우찌 알았는데? 그리고 오늘 내가 이 버스에 타고 있다는 건 또 우찌 알고? 알아묵게 설명 좀 해 봐라. 그래야 니도 살고 내도 산다."

"박진아! 니 내 몬 믿나?"

"이건 믿고 안 믿고의 문제가 아이다. 니가 내를 찾아오는 방식 에는 분맹히 오류가 있다. 내는 행선지를 니한테 알린 적도 없는데 니는 귀신같이 내를 찾아냈다. 이거를 설명 좀 해 보란 말이다. 몰 래 내 뒤를 밟았다등가, 내 휴대폰을 도청했다등가 뭔가 좀 그럴싸 한 이야기로 그 허점들을 메워 달라고!"

"바보야, 그거는 니하고 내가 같이 있어야 되는 사이기 때문이 다."

"그기 말이 되나? 우리가 뭔 사이라고."

"내를 이해하는 건 니밖에 없고, 니를 이해하는 건 내밖에 없다. 우린 세상에 우리 둘뿐이다. 모리겠나? 인애라 그랬제? 니 친구.

그 아가 참말로 니를 이해해 줄 것 같나? 그 아는 니 인생에 벨 관심 없다. 걔는 지한테 더 가까운 친구가 생기면 그날로 니를 퇴장시킬 사람이다. 내 말이 맞는지 틀리는지 나중에 함 봐라. 니 인생에 끝까지 남는 게 낸지 인애라는 그 안지."

"고만해라, 듣기 싫다. 그라고 내 앞에서 인애 얘기 함부로 하지 마라. 인애는 니가 아는 것보다 훨씬 좋은 아다."

"좋은 아가 번번이 이리 연락을 끊어 버리나?"

나는 신우를 노려보았다.

"인애랑 연락 안 되는 거를 니가 우찌 아는데?"

"내는 니에 관한 한 뭐든 다 안다. 관심이 있으니까, 한시도 니한테서 눈을 안 떼니까 절로 그리된 기다. 그기 뭐 잘못됐나? 내가 이라는 게 싫나?"

그날 진교 장에서 상처받은 게 인애였다면 오늘은 신우 차례다.

"어, 싫다. 난 니가 남들처럼 평범하고 납득할 만한 방법으로 내를 찾아오고, 내 주변 사람들하고도 잘 어울리고 그랬으면 좋겠다."

"그래서? 그 말은 내보고 그만 꺼지라는 기가? 앞으로는 니 눈앞에 나타나지 말라는 말이가?"

내가 대답을 미루는 사이 신우의 눈가가 차츰 젖어들었다.

"못된 가시나. 하나도 안 변했다, 니. 여전히 비겁하고 니밖에 모리고. 내는 니를 위해 모험을 택했는데 니는 늘 몸을 사린다. 그럴

거면 군소리를 말등가. 아픈 척도 말고, 힘든 척도 말고 좋게 좋게
입 닫고 살등가. 나쁜 가시나. 잘 있어라, 다신 니 보러 안 온다."

신우가 휙 돌아섰다. 나는 얼른 신우의 팔을 붙잡았다.

"신우야! 내 말을 와 그렇게 받아들이는데? 나는 그냥……."

하지만 신우는 내 손을 휙 뿌리쳤고, 그 바람에 나는 찻길 쪽으
로 떠밀리고 말았다.

택시 한 대가 급정거를 했다.

"니 죽을라꼬 환장을 했나! 퍼뜩 인도로 안 기올라 가나!"

택시 기사의 고함 소리를 듣고서야 내가 찻길에 널브러져 있다
는 사실을 알았다.

신우는 그새 주유소 골목으로 사라져 버린 뒤였다. 신우에게 전
화를 걸었다. 지난번에 번호를 저장해 두었지만 전화해 보긴 처음
이었다. 신우의 등장에 분절이 있듯이 나 또한 평소에는 신우를 아
예 잊고 살 때가 있다. 신호는 가는데 신우는 전화를 받지 않았다.
다신 니 보러 안 온다! 신우의 목소리가 귓전에 생생했다. 눈물이
어룽어룽하던 그 눈빛도 잊히지가 않는다. 삼 년 전 감진 마을에서
달아나던 신우의 얼굴도 그랬을까?

신우 말은 죄다 사실이었다. 나는 나밖에 모르는 비겁한 애다.
구정물을 뒤집어쓰고 최씨 할아버지한테 욕까지 들은 신우를 그
냥 버려둔 것도 나였고, 오늘 저 어둑어둑한 골목 안으로 신우를
밀어 낸 것도 나다. 신우의 잘못이라면 그때나 지금이나 날 만나러

오는 방식이 투박했다는 것밖에 없다. 개 상놈의 후레자식은 신우가 아니라 나다. 그 애를 두 번이나 쫓아 버린 나야말로 욕을 먹고 물벼락을 맞아도 싼 인간이다.

인애네 하숙집으로 갔다.

"이리 뻔질나게 찾아올 거믄서 집은 와 옮깄는데? 느그 둘이 싸워서 홧김에 옮긴 거 맞제?"

하숙집 아줌마가 한 소리 했다.

나는 인애 방 앞에서 인애가 오기를 기다렸다.

> 니 방 앞에 있다. 좀 와 줘라.

문자를 보냈다.

오 분쯤 후 다시 문자를 보냈다.

> 신우랑 헤어졌다. 연애 고민 상담 요망!

그제야 답이 왔다.

> 금방 감.

신우랑 헤어졌다는 말이 효과가 있었다.

인애는 독서실에서 돌아오는 길이라 했다.

"하숙방도 독방인데 뭐할라꼬 독서실에 가는데? 돈 아깝구로."

"그냥. 내도 공부 좀 해 봐야지 싶어서 어제랑 오늘 가 봤다."

"그래서? 공부는 좀 되드나?"

"공부는 무신 공부. 내 맘이 콩밭에 가 있는데."

"콩밭 어데?"

"신우—인애—꽃년이 삼각 지대. 그기 생각하면 생각할수록 오묘하더라고."

나는 인애 방에 대자로 누웠다.

"그나저나 니들, 헤어졌다고? 거 참 꼬시다. 진교 장에서 내한테 그 지랄을 한 벌을 받은 기다, 니. 처녀가 한을 품으면 그리되는 기다. 둘이 확 깨져 뿌라고 내가 빌었다."

"그날 많이 아팠제? 미안하다. 내가 진짜 돌아 삐맀던가 부다."

의자에 앉아 있던 인애가 방바닥으로 내려왔다.

"그래, 헤어진 소감 좀 말해 봐라. 진짜 사람이랑 헤어진 거랑 똑같이 슬프고 그러나?"

인애가 물었다. 있어야 할 사람이 사라진 자리. 나는 그게 뭔지 이미 알고 있다. 나이 많은 엄마와 소통이 안 될 때, 친구들의 젊은 엄마 아빠를 볼 때, 나는 그 자리를 생각했다. 종이 인형을 오려 낸 자국 같기도 하고, 스티커를 떼어 낸 자국 같기도 한 누군가의 빈자리. 그 자리는 어릴 때나 지금이나 그대로지만 언제부턴가 거기에 예민하게 반응하지 않게 되었다. 누구에게나 그런 자리가 있다는 걸 깨달았기 때문이다. 그걸 알려 준 게 신우였다.

열다섯 살 그 여름에, 신우는 너무나 많은 것들이 처참하게 떨어져 나간 모양으로 날 찾아왔다. 나는 신우의 인생에서 급히 지워진 것들을 일일이 톺아보지 않아도 모두 알 수 있었다. 더벅머리 아래 슬프게 내리뜬 두 눈이, 몇 날 며칠 씻지도 못해 꾀죄죄한 손등이 이미 많은 걸 말해 주고 있었기 때문이다. 그때 감진 마을 우리 집 담장에 올려져 있던 신우의 두 손은 땟국이 아니라 그 애 가슴에서 씻어 내지 못한 슬픔들로 얼룩덜룩했던 거다. 나는 그 손을 잡는 일이 물에 빠진 누군가의 손을 잡는 일과 같다는 걸 본능적으로 알았다. 하지만 난 망설이고 움츠러들었다. 그사이 최씨 할아버지가 구정물을 퍼부었고, 신우는 물에 빠져 허우적거리듯 달아났다.

오늘 내가 버린 건 그때와 똑같은 신우다. 늘 한결같이 꼬질꼬질하던 두 손이 그 증거다. 멀끔한 얼굴에 어울리지 않던 그 손은 신우의 상처와 나의 미안함이 박제된 거였다.

"인애야, 신우가 진짜로 다신 안 나타나면 나 우짜지?"

"이별이야 슬프지만 신우가 안 와야 된다. 그래야 니가 낫는다. 신우랑 니는 애초에 다시 만나서는 안 되는 사이였다."

"니가 뭘 안다고 그라는데? 남자 한번 못 만나 본 모태 솔로 주제에."

"내는 모태 솔로인 게 하나도 안 부끄럽다. 내 소울메이트를 만나기 전까진 연애고 나발이고 관심 없다. 니 멀더랑 스컬리가 나중에 그렇고 그런 관계로 발전하는 거 알제? 내도 그런 관계의 누군가를 만내야 한다."

인애의 눈길이 방 천장을 더듬었다. 진실만 저 바깥 어딘가에 있는 게 아니라 소울메이트 역시 저 밖에 있다는 듯이. 하지만 인애는 나 몰래 지구에서 소울메이트를 찾는 것 같았다. 인애의 책꽂이에는 못 보던 로맨스 소설들이 잔뜩 꽂혀 있었다. 나는 멀더리안 인애의 자존심을 배려해 그 사실을 지적하진 않았다.

인애는 제 가방에 담고 있던 검정 표지 노트를 꺼내 돌려주었다. 진교 장에서 인애에게 맡긴 뒤로 되찾지 않았던 것이다. 그사이 인애는 우리가 함께 적었던 것들에 깨알 같은 주해를 달아 놓았다. 내가 신우의 옷에서 보았던 who와 whose의 오류 문제 옆에도 뭔가를 갈겨써 두었다.

1학년 때 모의고사에서 진아가 실수로 틀렸던 문제.

"이기 진짜가?"

나는 그 문제를 잊은 지 오래였다.

"그럼, 그때 내도 틀렸거든. 그래서 똑띡이 기억하고 있다. 니가 신우 옷에서 봤다는 그 문장이, 실은 니가 모의고사 때 본 문장이

다. 이제 알것나? 신우는 현실이 아니라 니 머릿속 세상에서 태어
난 아다."

그때 내 휴대폰이 울렸다. 신우였다.

내 휴대폰 화면에 강신우라는 글자가 선명하고도 환하게 솟아
올랐다.

"신우다! 신우한테 전화가 왔다."

"일단 받아라."

인애가 미심쩍은 얼굴로 말했다.

나는 전화를 받으며 스피커 통화로 바꾸었다.

"여보세요, 혹시 전화하셨어요? 부재중 전화가 와 있어서 전화
드렸는데요."

웬 아줌마 목소리였다.

신우의 전화번호와 아줌마. 나는 이 이질적인 덩어리에 연결 고
리가 있길 바라며 조심스레 물었다.

"혹시 신우 엄마세요?"

"신우요? 신우가 누굽니꺼?"

나는 그 말에 대답을 못 하고 급히 통화 종료 버튼을 눌러 버
렸다.

"현실을 인정해라, 박진아. 모든 정황이 뭘 가리키고 있는지 참
말 모리겠나?"

"말도 안 된다. 내가 무신 공주놀이, 요정놀이 하는 어린애가?

내 머릿속에만 존재하는 아를 만지고 보고 이야기하는 게 말이 되나? 싸우고 헤어진 건 우떻게 설명할래?"

"그래, 니 눈에 신우가 보이는 거 안다. 니한테는 그 아가 100퍼센트 실존 인물이란 것도 안다. 그눔아랑 싸우고 니가 속상해하는 것도 안다. 하지만 우짤 기고? 그 아를 계속 만내면 남들은 니를 미친년이라 부를 긴데. 그라고 이별의 아픔? 그런 건 걱정도 하지 마라. 내가 특효약을 알아냈으니까."

"특효약?"

"그래, 독서실에서 한 이틀 머물면서 간만에 짱돌 좀 굴렸다."

"특효약이 뭔데?"

"눈에는 눈, 이에는 이, 남자에는 남자! 내가 새 남자 소개해 줄게."

"새 남자?"

인애와 내 주변엔 새 남자라고 칭할 수 있는 존재가 없었다. 담임, 물리, 체육 등 이미 알고 있는 헌 남자들 아니면 길바닥에 돌아다니는 불특정 다수의 모르는 남자들이 있을 뿐이었다.

"그래, 새 남자. 니, 아기 손에서 사탕을 빼앗으면 우찌 되는 줄 알제? 아가 자지러진다. 그래서 아기 손에서 사탕을 빼앗을 때는 다른 걸 쥐여 줘야 된다. 내는 지금 니한테서 강신우를 빼앗을 참인데, 니가 그걸 못 견딜 것 같으니까 딴거를 줄라는 기다. 새 남자!"

"그 새 남자가 누군데?"

"요 앞, 현암 독서실 총무 오빠의 친구."

"그 총무 오빠란 사람도 모리는데 그 친구는 또 뭐꼬?"

"유유상종이라 했다. 총무 오빠가 괜찮은 사람이니까 오빠 친구도 분명 근사할 기다. 그 총무 오빠야, 딱 봐도 명문대 휴학생이다. 얼굴에서 풍기는 느낌이 딱 그렇다. 니도 알제? 내 눈썰미."

앙주 옷집 반바지를 내 눈으로 직접 보지 못했으니 인애의 눈썰미에 대해선 왈가왈부할 말이 없었다.

"그 오빠야, 내 생각엔 '카이' 소속인데 쪼매 더 공부해서 '스'에 들어갈라꼬 준비 중인 것 같다."

"웃긴다, 니. 니는 소울메이트 찾는담시로 내한테는 스카이 같은 조건을 들이밀라 그러나? 내, 스카이 그런 거에 호들갑 떨고 그런 사람 아이다."

"끝까지 들어 보도 안 하고 성부터 내나? 일단 네 소개팅 주선자가 되실 총무 오빠에 대한 얘기부터 하자면, 인물도 반반하고 성격도 좋다. 총무실 창틀에 보면 라면 봉다리를 엮어 만든 수공예품들이 걸려 있는데 솜씨가 예술이다. 손재주 그거 아무나 있는 거 아이다. 최소한 굶어 죽지는 않는다는 뜻 아이가. 그거 중요한 기다, 니. 여자고 남자고 최소한의 능력은 갖춰야 한다. 띠링 차르르, 띠링 차르르. 삼천포 마트의 현금 등록기가 들려준 삶의 진실이다. 그리고 젤 중요한 거는 그 오빠가 야한 잡지를 본다는 사실이다."

"그기 뭐꼬? 야한 잡지 보는 대학생이 좋나, 니? 그것도 독서실 총무실에서 지나가는 여고생이 다 알도록 대놓고 보는 사람인데."

"야! 좋고 안 좋고를 떠나 중요한 사실이다, 그거. 혈기 왕성한 남자란 뜻 아이가? 물리 봐라. 야한 잡지 안 보고 쪼매난 캐릭터만 디다보고 그런 사람이 진짜 변태다. 이런 거를 귀납적 사고라고 하는 기다. 사람이 경험을 했으면 뭘 좀 깨닫는 바가 있어야지."

인애의 이론은 또 삼천포로 빠지고 있었지만, 그래도 인애 덕에 신우가 떠난 일이나 낯선 아줌마와 통화한 충격이 차차 사그라드는 것 같았다.

4장

꽃이 피네

"알로호모라!"

―조앤 K. 롤링 『해리 포터』, 닫힌 문을 열어 주는 주문

1

어릴 적에 미니 바이킹을 탄 적이 있다. 트럭 짐칸에 설치된 작은 바이킹이었다. 어느 마을에 아이들이 몇 명이나 있는지 알 리 없는 기사는 감진 마을 어귀에 트럭을 세웠고 나는 바이킹의 유일한 탑승자가 되었다. 감진 마을 노인들은 아래서 나를 지켜보고 있었다. 천천히 바이킹이 움직이기 시작했다. 거대한 요람 같은 바이킹이 끼익끼익 쇳소리를 내더니 차츰 왔다 갔다 진폭이 커지면서 가속이 붙었다. 저만치 마을 어귀 평상이 멀어졌다 다시 가까워지기를 반복했다.

마을 노인 하나가 소리쳤다.

"만세 불러야지, 아가."

나는 신이 나서 안전대를 잡고 있던 손을 놓고 두 팔을 번쩍 치켜들었다. 노인들이 껄껄 웃었다. 나도 웃어 주고 싶었지만 그럴 수가 없었다. 양손을 드는 순간 내 몸이 순식간에 의자 앞으로 내리쏠리면서 앞자리 등받이에 입을 부딪치고 만 것이다. 입술이 터져 피가 흘렀다. 놀란 기사가 바이킹을 세우자 노인들이 달려와 나를 내려 주었다.

입술이 아파서가 아니라 바이킹이 멎어 버린 게 속상해서 울었는데, 엄마는 내 맘도 모르고 파출소에 신고하겠다는 둥 이런 위험한 놀이기구는 고물상에나 줘 버려야 한다는 둥 악다구니를 쏟아부었다. 결국 트럭은 감진 마을을 떠나 버렸다. 누군가 인생에서 행불행을 논하면 나는 늘 그날의 바이킹을 떠올린다. 내게 행은 감진 마을에 잠시 멈추었던 바이킹과 같다. 바이킹이 남긴 행복론은 다소 거칠었다.

입술이 터지고 상처를 입어도 그 사실을 숨기면 나는 네 것이 될 테지만, 네가 아프다고 소리를 질러 대면 우린 끝이다. 그러니 나를 포기할 각오가 서기 전까지는 다쳤다는 사실을 침묵해라!

열여덟 살, 신우가 나의 가시계를 드나들면서 나는 또 한 번 바이킹에 올랐다. 인애는 내가 병을 앓는 거라 했지만 나는 신우가 눈앞에 출몰하는 게 좋았다. 신우가 다시 오기 전까지 나의 시간은 손쓸 겨를도 없이 아무렇게나 흘러가고 있었으니까. 나는 내가 왜 나이를 먹는지, 왜 학교에 다니는지도 모르는 채 열여섯이 되고 열일곱이 되고 열여덟이 되었다. 할 일이 산더미 같은 시절이라고 들 했지만 그 할 일이 정말 내가 해야 하는 일들인지도 곱씹어 보지 못했다. 신우는 그런 나를 시간의 물살 밖으로 건져 냈고 나는 지금껏 내가 머물던 시간과 공간이 얼마나 춥고 외로웠는지 한 발 떨어져서 바라보게 되었다. 나는 사람들이 나를 트럭 바이킹에서 끌어내는 게 싫다. 신우랑 둘이서 오래오래 바이킹에 머물고 싶다.

버스를 쫓아오려던 신우와 헤어진 뒤로 일주일 가까이 신우는 기별이 없다. 나는 인애의 꾐에 넘어가 오늘 저녁부터 현암 독서실에 가기로 했다. 각자 하숙집에서 저녁밥을 먹고 만난 우리는 동네 편의점에서 디저트로 컵라면을 먹었다. 독서실 입실 전에 든든히 먹어 둬야 한다는 게 인애의 지론이었다. 속이 허출하면 궁둥이가 절로 들썩이고 산만해진다는 것이다.

인애가 컵라면 국물을 마시다 말고 말했다.

"똥 씹은 얼굴 그만해라. 니가 진짜로 미쳐 날뛸까 봐 내 얼마나 조마조마했는 줄 아나? 니는 몰라 그렇지, 까딱하다 내 손으로 니 머리에 꽃 달아 주게 생겼다고 혼자 가슴 치면서 잠을 설친 날이 하루 이틀이 아이다. 이 정도면 감동적이지 않나? 이 울컥한 우정을 봐서라도 신우는 잊어뿌라, 마."

"울컥 좋아한다. 잠만 잘 자더라마는. 그리고 내 보기엔 니가 내랑 신우 일을 엄청 즐긴 것 같은데."

"그래, 쪼매 즐긴 건 사실이다. 뭔가 새로운 일이 생긴다는 건 신

나는 일이니까. 게다가 연애담 비스름했으니까 누가 봐도 재밌지. 세상에 좀비가 아이고서야 연애 얘기 싫어하는 사람이 어디 있겠나? 그래도 니가 신우를 극복하고 원래 자리로 돌아오길 바라는 맘은 진심이었다. 니, 멀더가 엑스파일 아홉 시즌 동안 시리즈의 주인공으로 살아남은 비법이 뭔지 아나?"

"뭔데?"

"사건 하나 해결하고 나면 다시 제자리로 돌아온다는 기다. 사실 해결도 아니었지. 꼭 미스터리하고 알쏭달쏭하게 에피소드가 막을 내렸으니까. 하지만 멀더는 그거에 연연해 안 하고 다음 사건으로 넘어갔다. 그라니까 니도 이제 정신 채리라. 그래야 다음 일을 기약할 수 있다. 니는 신우 말고도 넘어야 할 산이 첩첩이다. 그래서 말인데, 신우한테서 깨어나는 주문 하나 외워 줄까?"

"주문? 그런 게 있나?"

"있지, 그럼. 잘 들어 봐라. 띠링 차르르! 띠링 차르르!"

인애는 삼천포 마트 현금 등록기 두드리는 시늉을 했다.

인애는 나더러 신우 없이 지내라 한다. 그 말은 다시 세월의 물살에 휩쓸리라는 뜻이다. 까짓것 맘만 먹으면 다시 예전처럼 살 수도 있을 것이다. 고래가 지구를 한 바퀴 돌 시간을 의자에서 뭉개고, 교복 치마 밑에 체육복 바지를 입고, 수업 시간엔 최선을 다해 다리를 떨며 디저트로 컵라면을 챙겨 먹고, 진주 남자애들을 유혹할 치명적인 반바지를 고르러 다니던, 그런 박진아로 돌아갈 수도 있을 터다. 눈 딱 감고 거친 물살로 뛰어들기만 하면 된다. 풍덩!

"가서 총무 오빠야랑 얘기도 좀 하고 그래 봐라. 금세 기분이 풀릴 기다. 그 오빠야가 또 겡상도 남자 안 같고 립서비스가 어마어마하거등. 총무 오빠야랑 친해지면 또 아나? 괜찮은 친구라도 니 소개해 줄지."

"그라믄 니랑 총무 오빠랑 내한테 소개팅을 주선하겠다 그 말이가? 내는 남자 관심 없다. 아니, 지금은 남녀노소 불문, 새로운 사람이랑 친해지는 일 자체가 스트레스다."

"그란께 니가 친구가 없는 기다."

"내가 친구가 와 없노?"

"그럼 읊어 보등가. 친구 누가 있는데?"

"니도 있고…… 물리도 있고……."

"아이고야, 물리이?"

"물리 샘이 우때서? 신우 얘기도 다 알고, 그라믄서도 내한테 또라이란 소리도 안 하고 그만하면 친구지."

"결국엔 신우가? 신우를 알고 있는 사람만 네 친구 자격이 있다는 기네? 니한테는 세상 사람들이 강신우를 아는 사람과 강신우를 모리는 사람, 이리 둘로 갈리제? 쯧쯧, 세상을 무 자르듯 그리 나누면 몬쓴다. 내랑 다른 사람, 모리는 사람하고도 두루두루 어울리면서 살아야지."

말은 저러지만 친구가 별로 없기는 인애도 마찬가지다. 지금 인애는 나보다 독서실 오빠 한 사람을 더 알고 있다는 이유로 저 유세를 떠는 거다.

현암 독서실은 하숙집 골목 끝에서 빵집 건물 쪽으로 꺾어지면 있었다. 우리 학교에서 십 분 거리밖에 되지 않아서 우리 학교 애들만 바글바글할 줄 알았는데 독서실을 드나드는 사람들은 거지반 어른들이었다. 어른이 되어서도 고래가 지구를 한 바퀴 도는 시간을 의자에서 뭉개야 한다고 생각하니 참담한 기분이 들었다.

인애가 나를 총무 오빠에게 소개했다.

"인애는 친구도 예쁘네. 반갑다."

어설픈 서울 억양과 함께 총무 오빠의 눈길이 나를 스캔하고 지나갔다. 내 빈약한 몸을 순식간에 훑고 간 오빠의 눈길은 인애의 얼굴과 가슴에 머물렀다. 인애의 기대와는 달리 총무 오빠는 내 연애 문제 따위에는 눈곱만큼도 관심이 없는 듯했다. 게다가 오랫동안 햇빛을 못 본 듯 허여멀건 얼굴을 보니 나한테 소개해 줄 만한 친구가 있을 것 같지도 않았다.

내가 문제집을 푸는 사이 인애는 검정 표지 노트에다 뭔가를 끼적였다. 그러고는 베껴 쓰라며 자기 노트를 내 쪽으로 넘겨주었다.

진아의 증상이 사라진 지 6일째. 진아와 총무 오빠 안면 틈.

나는 내 몫의 노트에다 대충 옮겨 썼다.

신우를 못 본 지 6일째. 독서실 총무 오빠 첫인상 완전 별로.
대놓고 인애 가슴을 쳐다봤음. 변태 새끼.

컵라면까지 먹고 왔는데도 인애는 산만하기 이를 데 없었다. 지갑을 들고 몇 번이나 문밖을 들락거리더니, 돌아올 때는 시키지도 않은 물을 떠 오거나 무릎 담요 비슷한 걸 어깨에 두르고 왔다. 낡은 에어컨이 제구실을 못 해 실내 온도가 25도를 훌쩍 넘는데 무릎 담요가 왜 필요한지 알 수 없었다. 하지만 따지지 않았다. 인애가 밖에 나갔다 올 때마다 인애의 머리카락과 셔츠에서 희미하게 담배 냄새가 났기 때문이다. 인애는 담배를 피우지 않는다. 내 추측이 옳다면 그건 총무 오빠가 피운 담배 냄새였다. 인애는 총무 오빠를 만나고 오는 거였다.

자정 무렵 하숙집으로 돌아오면서 물었다.

"니, 총무 오빠 좋아하나?"

"누구? 내가? 아니."

인애는 손을 마구 내저었지만 어설프기 짝이 없는 연기였다.

"좋아하면 어때서 그라노? 여자가 남자 좋아하는 거 당연한 긴데. 내가 궁금한 거는 총무 오빠가 인애 파일에 기록될 탐구 대상인가, 아니면 그냥 순수하게 끌리는 남자인가 하는 점이다."

"내도 모리겠다."

"그냥 좋은 건갑네."

"니 눈에 그리 보이나?"

"어."

"저기, 진아야. 내는 니가 총무 오빠한테 친구 소개받아서 커플이 되면 좋겠다. 그러면 넷이 같이 다니면서 밥도 묵고 영화도 보고 좋을 긴데."

"아서라, 내는 그 오빠 주변인과는 엮일 맘이 조금도 없다."

"그라믄, 니는 우떤 사람이 좋은데? 니 이상형은 뭔데?"

"내는…… 바이킹 같이 타 줄 사람이 좋다."

바이킹에서 내 옆자리에 앉아 줄 사람. 그래서 몸이 앞으로 쏠리지 않도록 서로 붙잡아 주면서 만세도 같이 부를 사람. 멀어졌다 가까워졌다 널을 뛰는 게 실은 우리가 아니라 세상이라고 속삭여 줄 사람…….

"바이킹? 놀이동산 같이 갈 사람 말이가?"

"아니, 그냥 그런 게 있다. 그란데 니, 아까 봉께 난리도 아니더라. 더워 죽겠는데 담요를 뒤집어쓰고 나타나질 않나. 되지도 않는 구실 만드느라 아주 용을 쓰더마는. 그 오빠 어데가 그리 좋은데?"

"이해받는 기분. 진짜로 태어나서 처음이었다. 그리 확확 통하는 느낌. 이거 좀 웃긴 얘긴데, 총무 오빠야 부모님이 무슨 일 하시는 줄 아나?"

"당연히 모리지. 내는 총무 오빠가 대체 뭐 하는 사람인지도 모리겠더라. 공부를 하는 긴지 마는 긴지 총무실에 만날 야시시한 책이나 펴 놓고 자빠졌더만."

"여서 그 얘기가 왜 나오는데? 그건 어디까지나 총무 오빠 프라이버시다."

"알았다, 가시나. 편들기는. 그래, 그 댁 부모는 뭘 하신다던고?"

"총무 오빠야 부모님, 슈퍼마켓 하신다더라."

이 대목에서 인애는 혼자 배를 잡고 웃었다. 독서실 총무의 부모님이 자기 부모님과 동종 업계에 종사자라는 사실이 그리 웃긴 일인지 나로선 이해 불가였다.

"오빠야 부모님이 하시는 슈퍼마켓 이름이 뭔지 아나? 김해 마트. 웃기지 않나? 삼천포 마트, 김해 마트. 외지인이 들으면 무슨 지역 대표 마트 같을 거 아이가."

인애는 손뼉까지 쳐 가며 웃었다.

하나도 재미없었지만 인애의 설렘에 초를 치고 싶지 않아서 잠자코 있었다. 인애의 가슴에 노골적으로 머물던 눈길이 맘에 걸렸지만 좋아하는 사이에선 그럴 수 있다 치기로 했다. 더욱이 인애는 총무실에서 대놓고 야한 잡지를 보는 걸 정상적인 남성성의 증거라고 믿는 아이다. 인애가 그토록 고대하던 소울메이트를 하숙집에서 고작 십 분 거리에 있는 독서실에서 발견하다니 놀라울 따름이다.

신우를 못 본 지 9일째. 나와 꽃년이가 닮았다는 노인들의 뒷말과 함께 헝클어지기 시작한 일상은 여전히 수습 불가 상태인데, 아무 일 없던 것처럼 2학기를 시작할 엄두가 나질 않는데, 방학은 맥없이 끝나 가고 있었다.

나는 동네 골목에서 물리를 보면 코앞까지 달려가서 알은체를 했다. 그때마다 물리는 일은 잘돼 가느냐고 물었다. 물리가 말하는 '일'이 나와 인애, 신우의 삼자대면을 말하는 건지, 여전히 신우가 보이는지를 묻는 건지 알 수 없었지만 나는 고개부터 끄덕였다. 그러면 물리는 다행이라며 또 밑도 끝도 없는 말을 했다. 무엇이 다행이라는 건지는 끝내 파악 불가다. 하지만 파란 머리 캐롤이 물리에게 어떤 존재인지 이해하는 사람은 나밖에 없고, 신우가 나에게 어떤 의미인지 아는 사람도 물리밖에 없었다. 어느덧 물리와 나는 통하는 구석이 있는 친구가 된 거다.

밤에는 인애를 따라 독서실로 갔다. 일주일 치 독서실비를 미리 냈기 때문에 돈이 아까워서라도 가긴 가야 했다. 요 며칠 인애는 대놓고 자리를 비웠다. 나는 인애의 책상에 널브러져 있는 검정 표지 노트를 들추어 보았다. 인애의 메모는 며칠 전 날짜에서 멈춰 있었다. 인애의 머릿속엔 김해 마트 사장 아들밖에 없었다.

노트를 인애 자리에 도로 가져다 놓고 다시 문제집을 들여다보는데 휴대폰이 울렸다. 인애에게서 문자가 온 것이다.

> -------

'으'만 잔뜩 찍어 놓은 메시지였다.

인애가 저도 모르게 눌렀을 거라 생각하고 무심코 넘겼는데 일 분쯤 뒤에 다시 문자가 왔다. 이번에도 아까와 똑같은 문자였다. 순간 인애가 나를 불러내기 위해 오른손 엄지에서 가장 가까운 자판을 마구 눌렀을지도 모른다는 생각이 들었다.

독서실 바깥으로 인애를 찾으러 갔다. 총무실이 비어 있었다. 옥상으로 가 보았다. 아저씨들 몇이 담배를 피우고 있을 뿐 총무 오빠는 없었다. 나는 독서실 건물을 빠져나왔다. 그때 인애에게서 다시 문자가 왔다.

> 빠

글자 하나밖에 없었다.

"인애야! 도인애!"

정신없이 소리치면서 눈길을 돌리는데 저 멀리 빵집 건물이 보였다. 1층에 있던 빵집이 얼마 전에 문을 닫은 뒤로 며칠 전부터 인테리어 공사를 시작한 곳이었다. 순간 인애가 보낸 '빠'라는 글자가 빵집을 가리키는 것일지도 모른다는 생각이 들었다. 나는 조심조심 건물 주차장 안으로 들어갔다. 주차장엔 용달 트럭과 자가 용 몇 대가 세워져 있을 뿐 인기척이 없었다. 주차장 안쪽으로 좀 더 들어가자 문이 하나 나왔다. 지하실로 가는 문이었다. 문손잡이를 돌려 보았다. 문은 안쪽에서 잠겨 있었다.

"인애야! 니 거기 있나? 도인애!"

쇠문에 귀를 대 보았다. 저 아래에서 뭔가 쿵 넘어지는 소리가 났다.

"인애야!"

그때였다. 신우가 다시 날 찾아온 건.

"신우야!"

너무 반가워서 눈물이 날 것 같았다.

"신우야, 이 문 좀 열어 봐라. 저 안에 인애가 갇혀 있는 것 같다."

"그딴 애는 혼 좀 나야 된다. 그러니까 내비리 둬라."

신우가 문손잡이를 붙잡고 있는 내 손을 떼어 내려 했다.

"무슨 짓이고? 인애를 구해야 된다니까. 퍼뜩 이 문이나 좀 열어 봐라!"

하지만 신우는 아예 문을 가로막고 섰다.

"잘 봐 둬라. 내랑 니 사이를 이간질한 인간의 말로가 우떤지. 저 아는 지금 대가를 치르는 기다."

신우의 손이 내 뺨에 닿았다. 키에 비해 터무니없이 작고 거친 손이었다. 나는 휴대폰 불빛으로 신우의 손을 비춰 보았다. 신우의 손톱 끝이 새까맸다. 그 손을 보고 있으니 신우가 환상이라는 걸 인정할 수밖에 없었다. 신우는 내 머릿속 어딘가에서 만들어 낸, 인애가 읽어 준 책에 따르면 신경 회로 어딘가에 오류가 생겨 만들어진 환상이다. 그러니 인애를 돕고 싶든 아니든 신우는 절대 이 문을 열 수 없다.

"인애야! 도인애!"

신우를 떠밀고 다시 소리쳤다. 하지만 지하실에선 아무 기척이 없었다. 어쩌면 인애는 저 안에 없을지도 모른다. 아까 들었던 소리는 길고양이나 쥐가 낸 소리일 수도 있다. 그럼에도 나의 직감은 저 안에 인애가 있다고 말해 주고 있었다. 하지만 만에 하나 이 모든 게 나만의 착각이라면, 신우가 나만의 환상이듯 인애가 지하실에 갇혀 있다는 게 나 혼자만의 망상이라면 어떡해야 할까? 경찰을 부를 수는 없었다. 나는 결국 물리에게 전화를 걸었다.

물리가 동네 친구라는 사실이 이토록 다행한 일인 줄 몰랐다. 물리가 오고 있다는 사실만으로도 맘이 놓였다. 나는 신우가 뭐라 하건 말건 계속 문을 두드렸다.

"인애야! 쪼매만 기다리라! 내 금방 구해 줄게! 인애야! 내 소리 들리나?"

동네 친구 물리는 오 분 만에 달려왔다.

"샘!"

나도 모르게 물리를 와락 껴안았다. 보들보들하고 치렁치렁한

겉옷에 싸인 물리의 몸은 의외로 단단했다.

"인애가 저기 있는 것 같십니더. 독서실 총무 오빠랑 인애가 사라졌는데 인애한테서 자꾸 문자가 오더라고예."

"그래, 알았다."

물리는 침착하게 문손잡이를 돌려 보았다. 그다음엔 어깨로 쿵쿵 문을 들이받았다. 하지만 철문은 꿈쩍도 안 했다. 이 어둑어둑한 골목에 물리와 나, 신우밖에 없는 것 같았다. 인애는 어쩌면 블랙홀에 갇혀 있는지도 모른다.

"저 사람은 또 누고? 니 주변에는 내가 모리는 인간들이 와 이리 많은데?"

신우가 내 어깨를 잡아 흔들며 소리쳤다.

"고만 좀 해라, 강신우!"

내가 소리쳤다.

물리가 놀란 눈으로 나를 보았다. 나는 조용히 신우의 얼굴을 가리켰다. 그제야 상황을 파악한 물리가 물었다.

"그 엑스가 지금 나타났나?"

"네, 이 새끼가 지금 내를 닦달해요. 인애를 구해 주지도 않음시로. 이 새끼 나쁜 새끼예요, 샘."

눈물이 났다. 물리가 내 옆에 다가서며 말했다.

"봐라, 니. 환상이면 뭔가 즐겁고 판타스틱한 구석이 있어야지, 이리 친구를 들볶아서 쓰나? 살다 보믄 사람이 사람을 눈물 나게 하고 상처 주는 일 천진데, 헛것 주제에 니까지 이라믄 진아 맴이 얼매나 괴롭겠나, 엉? 그라고 진아 고2다. 니 같은 헛것들 세상은 만빵 편안하게 돌아가겠지만 진아는 펭범한 대한민국 고2다. 아 공부하게 좀 내비 둬라!"

신우가 물리를 향해 주먹을 치켜들었다.

나는 몸을 날려 신우를 막고 싶었지만 서포 장에서의 일을 떠올렸다. 그때 나는 신우를 막으려다 결과적으로는 인애를 다치게 하고 말았다. 나는 물리의 팔뚝을 꽉 잡고 눈을 감아 버렸다.

"샘, 신우가 샘을 때릴라 그래요."

"걱정도 팔자다. 니 눈에만 보이는 게 내를 우예 때리노? 무시해 뿌라, 마."

잠시 후 다시 눈을 떴을 때 신우는 가고 없었다.

"샘, 신우 어디 갔어요?"

"뭐, 알아서 잘 갔을 기다. 니 친구람시로. 헛것이라도 고2 정도 믄 다 큰 놈이다."

사이렌 소리가 차츰 커지더니 경찰차가 빵집 골목으로 들어왔다. 경찰차 전조등이 어두운 골목을 훑으며 다가왔다. 경찰을 부른 건 물리였다. 집에서 내 전화를 받자마자 신고를 했다 한다. 물리가 불러온 환한 빛에 나도 모르게 눈물이 툭 터져 나왔다.

문을 부수고 지하실로 들어간 경찰들이 인애를 데리고 나왔다. 곧이어 독서실 총무가 끌려 나왔다.

경찰서에 도착해서야 모든 게 낱낱이 보였다. 인애는 입술이 피 범벅이었고 물리는 캐롤이 그려진 연한 핑크색 잠옷 차림이었다. 물리는 비지땀을 흘리고 있었다. 열대야 때문만은 아니었다. 물리 의 얼굴에는 자기가 핑크색 원피스 잠옷을 입고 있음을 뒤늦게 자 각한 당혹감이 역력했다. 파란 머리 캐롤은 그 상황에서도 해맑게 웃고 있었다. 경찰은 총무뿐 아니라 우리 모두를 의심하는 듯했다. 경찰의 의심에 답하듯 총무의 목소리가 가장 컸다.

"우리 사귀는 사입니다. 정말이라예."

"학생아, 이 사람 말이 맞나?"

인애의 침묵.

물리가 끼어들었다.

"보이소, 이런 사건은 피해자랑 피의자랑 따로 조사해야 하는 거 아입니꺼? 놀란 아를 그리 다그치믄 우짭니꺼?"

"거기 잠옷은…… 아니, 선생님은 좀 가만 계이소."

여경이 물리의 말을 막았다.

"저희도 다 짚이는 게 있어서 안 그랍니꺼? 딱 보믄 그림이 나옵 니더. 우리가 지하실에 들어갔을 때 둘이 손을 잡고 있더라고예. 놀란 눈으로. 이봐, 거기, 친구라 했제?"

여경이 돌연 나를 보았다.

"이 사람이랑 니 친구랑 사귀는 거 맞제?"

"아니요! 절대 아입니더."

168

나는 총무를 노려보며 말했다.

"친구가 급한 문자를 보냈십니더. 보세요."

나는 휴대폰을 증거물로 내놓았다.

"ㅇㅇㅇㅇㅇㅇ. ㅇㅇㅇㅇㅇㅇ 빠?"

여경이 인애가 보낸 문자 메시지를 소리 내어 읽었다.

그때였다. 지금까지 입을 꾹 다물고 있던 인애가 자리에서 벌떡 일어나며 소리쳤다.

"그냥! 그냥 없던 일로 하고 집에 보내 주시면 안 됩니꺼?"

인애의 눈에서 눈물이 후두둑 떨어졌다.

2

방학 보충 수업이 끝나고 개학 카운트다운이 시작되었다.

지하실 사건으로 인애는 엄마 아빠를 따라 삼천포로 가 버렸다. 인애에게 전화를 걸면 인애 아빠가 전화를 받거나 전화기가 꺼져 있었다. 띠링 차르르, 띠링 차르르. 멀더리안 인애는 현금 등록기 소릴 들으며 머리를 쥐어뜯고 있을지도 모른다. 아니, 어쩌면 익숙한 그 소리에 맘이 놓여 잘 지내고 있을지도 모른다. 내가 이해할수 없는 부분은 인애와 인애네 부모님이 이번 일을 그냥 덮어 버렸다는 것이다.

경찰서에 뻔질나게 드나들며 이 사건의 뒷감당을 맡은 이는 물리였다. 물리는 핑크색 캐롤 잠옷이 아니라 남색 정장 차림으로 나타나, 이번 일이 엄연한 성폭행 미수 사건이며 친고죄도 폐지된 마당에 합의란 있을 수 없다고 역설했다. 물리는 자기가 고등학교 선생이자 어른임을 처음 자각한 것처럼 이 일에 매달렸다. 나는 두 번 정도 더 호출을 받고 경찰서에 갔는데, 그때마다 물리가 함께 가 주었다. 인애가 총무를 어떻게 생각하는지는 이 일의 핵심이 아니었다. 인애의 입술이 터져 있었다는 것, 인애가 내게 문자로 도움을 청했다는 것. 그 두 가지 사실만으로도 이번 사건이 폭행 사건임은 분명했다. 하지만 총무는 동종의 전과가 없을 뿐 아니라 지나온 이력에도 별다른 문제가 없었다. 경찰들은 이 일로 총무의 인생에 오점이 남을 것을 안타까워했다.

"피해 학생이랑 피의자가 펭소에도 독서실 주변에서 붙어 댕기는 거를 본 목격자들도 한둘이 아이고, 그날 둘이 같이 지하실에 들어가는 데 피해 학생 스스로 동의했다는 진술도 있었고, 뭣보다 진짜 성폭행이 일어난 것도 아니지 않십니꺼? 문제는 피해 학생의 입술이 터졌다는 긴데, 그것도 깜깜한 지하실에서 발을 헛디디다가 계단 옆에 쌓아 둔 상자 모서리에 부딪쳤다는 데 두 사람 진술이 일치합니더. 이쯤 되면 보통은 고마 훈방 조처로 끝내는 편입니더. 삼수생이 하라는 공부는 안 하고 여고생이랑 연애질이나 한 게 한심하지마는 이걸 법정까지 갖고 간다는 건 무리가 있십니더. 그라고 겔정적으로다 그눔아 그거, 선생님 고등학교 후배랍니더. 그란께 일단 선처해 주고 나서 따로 불러다가 호되게 혼을 내면 우떻겠십니꺼? 뭐, 남도 아이고."

　경찰 하나가 은근슬쩍 사건을 마무리 지으려 했다. 하지만 캐롤의 남자는 단호했다. 자기 인생에서 출신 고등학교 따윈 병아리 눈물만큼의 가치도 없고 지난 기억에서 가장 도려내고 싶은 게 고등학교 시절이라며 경찰이 들이민 '우리가 남이가' 카드를 내쳤다. 그렇다고 해서 사건 해결에 진척이 있는 것도 아니었다.

　온 국민이 다 알 만큼 떠들썩했던 추행 사건들조차 흐지부지되고 마는 걸 익히 봐 왔던 터다. 뉴스에서 연일 떠들어 대고 피해자가 강력한 처벌을 바란다 해도 피의자를 향한 윤리적 비난 말고는 그 어떤 속 시원한 처벌도 나오지 않았다. 질질 시간만 끌다가 차츰 잊히고, 훗날 우스갯소리와 인터넷 댓글로만 간간이 회자되는 사건들. 작은 도시 한구석에서 나와 물리는 독서실 총무의 지하실 사건을 그만 잊으라고 종용당하고 있었다. 물리 혼자 고군분투했지만 딱히 달라지는 건 없었다. 사건 당일 물리가 입고 있었던 캐롤 잠옷이 증인으로서의 신뢰도를 떨어뜨린 건지, 애초에 물리가 소득 없는 게임에 뛰어든 건지는 알 수 없었다. 어쩌면 둘 다인지도 몰랐다. 내가 제출한 문자 메시지도 아무런 효력을 발휘하지 못했다. 경찰은 사건 당일 인애의 오른손 엄지가 찍어 보낸 다급한 메시지를 'ㅇㅇㅇㅇㅇㅇㅇ. 빠.'라고밖에 읽어 내지 못했다. 그 메시지의 내재적 의미를 주목하는 사람은 없었다. 'ㅇㅇㅇㅇㅇㅇㅇ. 빠.'를 '도와줘, 진아야.'로 읽는 물리와 나를 세상은 난독증 환자

취급했다. 진실 규명에 관심 있는 사람들은 사건을 덮으려는 사람들에게 밀렸다. 말발과 쪽수, 영향력에서 다. 이쪽은 핑크색 캐롤 잠옷을 입는 남자와 헛것을 보는 여자애 둘뿐이었다.

속이 답답했다. 도로시와 토토를 날려 버린 캔자스의 토네이도가 진주시 어느 하숙집 골목도 휩쓸고 간 것 같은데 사람들은 아무것도 못 봤다 한다. 인애는 전화도 받지 않고 문자 메시지에도 답이 없었다. 그래서 나는 나만의 결론을 내릴 수밖에 없었다.

이건 음모다! 이 세상엔 지금껏 내가 몰랐던 거대한 음모가 있는 게 틀림없다.

사실 이는 지극히 인애스러운 결론이다. 하지만 논리적이고 상식적인 판단이 아무 소용이 없는 것으로 판명 난 마당에 나 역시 음모론을 떠올릴 수밖에 없다. 유능한 멀더리안이 삼천포 마트에 칩거하고 있으니 당분간 인애 파일은 내가 담당해야 한다.

세상에는 어떤 비밀 단체가 있다. 이 단체의 첫 번째 강령은 '좋게 좋게 사건을 덮어라.'라는 것이며, 이 단체가 하는 일은 진실을 규명하는 게 얼마나 지난하고 피곤한 일인지 사람들의 머릿속에 세뇌시키는 것이다. 끝까지 세뇌당하지 않고 사건을 파헤치려는 자들에겐 모종의 보복이 있을지도 모른다.

나는 검정 표지 노트에 이 음모론을 적어 두고, 인애에게도 내용을 찍어 보냈다. 그리고 신우가 내 하숙방까지 찾아오기 시작했다는 소식도 꼼꼼히 기록했다. 신우가 가져가 버린 내 헝겊 필통이 학교 앞 건널목 한복판에서 발견된 일이나 도서관에서 빌린 책을 신우가 찢어 버리는 바람에 낭패를 당한 일 등을 빼먹지 않고 써 두었다.

지하실 사건이 벌어지던 밤, 나는 물리의 도움으로 신우가 나만의 환상이라는 걸 확실히 자각했다. 내가 신우에게 반응하지 않으면 신우는 나 외의 사람들을 털끝만큼도 건드릴 수 없었다. 며칠 전 마지막으로 경찰서를 찾아가던 날에도 신우가 나를 쫓아왔다. 나는 물리의 팔뚝을 붙잡고 1부터 50까지 숫자를 세었다. 다시 눈을 떴을 때 신우는 사라지고 없었다.

하지만 하숙방으로 찾아온 신우는 달랐다. 아무리 눈을 감고 숫자를 세어도 녀석은 그대로 있었다. 이불을 덮고 있으면 이불을 들쳤고 책을 보고 있으면 그 꾀죄죄한 손으로 책을 가려 버렸다. 내가 끝내 알은체를 하지 않자 신우는 내 배낭 지퍼를 열고는 되는 대로 내 소지품을 집어 담기 시작했다.

"내한텐 니밖에 없고 니한테는 내밖에 없다는 걸 와 모리는데? 내 말고는 다 가짜다. 쓸데없이 고약하기만 한 허상들이란 말이다. 인애 그 아도 똑같다. 그 아는 니랑 내 사이를 갈라놓는 데 혈안이 돼 있다. 진아야, 우리 둘 말고 뭣이 더 필요한데? 기억 안 나나? 우리 둘이 중학교 운동장에 가서 놀았던 거. 우리 또 그라고 놀자. 니가 쓸데없는 인간들하고만 안 엮이면 우린 또 그리 지낼 수 있다."

"어딜 가자고 이라는 긴데?"

"어디든. 숨통이 트이는 데로 가자."

신우는 짐을 싸다 말고 잠시 나를 보더니 내 머리를 쓰다듬었다.

한숨이 툭 터져 나오면서 머릿속의 단어들이 마구 뒤엉켰다. 인애의 얼굴과 우리 반 여자애의 이름이 조합되고, 물리라는 단어와 작은 길고양이의 형상이 결합하기도 했다. 내 뒤통수를 가만가만 쓰다듬는 신우의 손길을 느끼고 있으면, 이 애 하나와 다른 세상 전부를 맞바꾸어도 그리 나쁘진 않을 거라는 생각마저 들었다. 나를 뼛속까지 이해하는 사람이 신우뿐이라면, 설사 환상이라 해도 그 손을 잡아야 하지 않을까? 숨이 막히고 누구 하나 날 이해해 주지 못하는 세상이 진짜인지, 다른 사람 눈에는 안 보여도 나를 속속들이 이해하고 품어 주는 신우가 진짜인지, 나는 그 물음에 답하기가 점점 어려워졌다.

그럴 때마다 내가 가까스로 붙잡고 늘어지는 건 엄마의 얼굴이었다. 주름지고 검버섯 핀 얼굴이지만 붉은 립스틱을 누구보다 잘 소화해 내는 엄마, 나한테 토라지면 비빔밥을 먹다가도 안 먹은 척 돌아누워 있던 엄마, 바이킹 아래서 자랑스럽고도 걱정스러운 표정으로 날 바라보던 엄마. 내가 지긋지긋한 2번 국도를 따라 감진 마을로 회귀할 수밖에 없는 건 우리 엄마 때문이었다. 신우가 아무리 내 머릿속을 헝클어 놓아도, 신우의 포옹이 아무리 아늑해도 엄마만은 지워지지 않았다.

"신우야, 내한테는 니뿌이라고 했나? 그라믄 우리 엄마는?"

"엄마? 그런 게 뭔 소용인데? 엄마도 남이란 걸 니는 모리나? 세상 모든 엄마들은 다 남이다. 우리 엄마도 그랬고 너네 엄마도 마찬가지다. 엄마 믿지 마라. 언젠가는 니 바닥까지 박박 긁어 갈 사람이다."

"우리 엄마가 그럴 리 없다. 만약에 엄마가 내한테 모질게 군다 해도 내는 지금이랑 똑같이 우리 엄마를 사랑할 기다."

바이킹에 오른 내가 유일하게 눈을 맞추었던 사람. 동네 노인들 틈에 서 있는 엄마는 붉은 립스틱 때문이 아니라 우리 엄마기 때문에 그토록 도드라졌던 것이다.

신우는 대답 대신 벌떡 일어나서는 배낭을 나에게 집어 던졌다. 배낭에 얻어맞은 가슴팍이 얼얼했다. 신우가 환상이라 해도 신우와 나 사이엔 물리적인 법칙들이 고스란히 통용되었다.

"나쁜 년! 내 인생에서 최고로 나쁜 년!"

신우는 슬픈 얼굴로 날 바라보다 방 밖으로 뛰쳐나갔다. 신우의 등을 보는 일은 늘 참담했다.

나는 검정 표지 노트를 펴고 방금 있었던 신우와의 일을 기록했다. 신우의 환상이 점점 심해진다는 걸 고백하기가 껄끄럽지만 인애만은 이 일을 알고 있어야 했다. 인애 말처럼 신우가 환상이라는 것조차 잊어버렸을 때, 이 기록들이 나를 도와줄 터였다.

밤이 되어도 신우는 돌아오지 않았다. 나는 신우의 일과 음모론을 곱씹으며 하숙집 근처 골목을 싸돌아다녔다. 어둠에 싸인 골목을 보고 있자니 언젠가 신우와 인애, 엄마까지 모두 내 인생에서 사라질지 모른다는 생각이 들었다. 이토록 캄캄한 곳에 혼자 있는 시간이 연극 막간의 암전이 아니라면, 끝없이 지속된다면, 난 어떻게 해야 할까?

물리 말로는 빅뱅 이후 우주는 점점 가속 팽창하고 있다 했다. 우주의 가장자리일수록 더 빠르게 멀어진다는 것이다. 그래서 언젠가는 은하와 은하 사이가 벌어지고, 별과 별이 멀어지고, 인간과 인간이 멀어지고, 모든 물질이 뿔뿔이 흩어져 최후의 순간에는 이 우주가 텅 빈 공간으로 전락할 것이라 했다. 과학이라기보다 오래된 시 같던 이야기가 오늘따라 비극적으로 느껴졌다. 우린 다 언젠가는 멀어지고 흩어지고 사라져 버릴 존재들일까?

문득 물리한테 짜증이 났다. 내 머릿속에 이토록 허무한 이야기를 집어넣은 선생님이 오늘따라 너무 미웠다. 차라리 어느 떡볶잇집에 가면 후식으로 팥빙수를 준다거나 새로 출시된 어떤 스낵이 맛있다거나 하는, 현실적인 정보들이 더 나을 뻔했다. 그랬으면 우린 애초에 물리를 과학자로 인식하지 않았을 것이다. 그때 인애와 내가 물리를 찾지 않았다면 우린 다른 선택들이 빚어낸 다른 우주에 살고 있을지도 모른다. 그러면 인애와 총무도 엮이지 않았을 테고, 나도 음모론 따위를 끌어안고 혼자 배회하지 않았을 것이다. 오늘 이 상황이 물리 탓이 아니라는 걸 알면서도 야밤에 원망을 쏟아부을 곳은 물리밖에 없었다.

물리에게 전화를 걸었다. 물리는 전화를 받자마자 인애에게 소식이 왔느냐고 물었다. 나는 더 성질이 났다.

"샘! 인간은 와 삽니꺼?"

나도 내가 그리 말문을 열 줄은 몰랐다. 인애를 걱정하는 물리의 목소리를 듣는 순간 내 입에선 그런 소리가 터져 나왔다.

"와? 제2의 사춘기가 급습하드나? 이 오밤중에?"

"그기 아니라, 샘이 그랬잖십니꺼? 맨 나중에는 다 멀어지게 돼 있다고. 인간들도 서로 멀어지고 쬐매난 원자들까지 멀어져서 텅 빈 우주만 남는다고. 끝이 그리 허무한데 우린 뭐할라 아등바등 살아가느냐 그 말입니더. 서로 안부는 뭐할라 물어 쌌느냐 말입니더."

"아이고야, 니도 참 할 일도 없는갑다. 몇백억 년 후의 일까지 끌어다 걱정하니라고 고생이 많네. 우주가 우찌 종말을 맞게 될지는 몰라도 니는 신경 쓸 필요 없다. 어차피 오십억 년 정도 지나믄 태양이 팽창해 가 지구는 깡그리 증발하고 없을 기다. 그란데 몇백억 년 후의 일을 뭐할라 걱정하는데? 니, 방학 과제들은 다 했나?"

방학 과제라는 말이 어마어마한 각성 효과를 발휘했다. 과제에 대한 부담감 때문이 아니라 내게 뭔가 할 일이 있다는 새삼스러운 자각이 구질구질하던 기분을 정화해 주었다.

전화를 끊은 뒤 나는 현암 독서실 앞 골목을 노려보며 인애의 목소리를 흉내 냈다.

"더 트루쓰 이즈 아웃 데얼!"

음모를 꾸민 자들에게 이대로 무릎을 꿇을 수는 없었다. 인애에게 주워들은 바로는 세상에는 빌더버그, 프리메이슨, 일루미나티 같은 비밀 단체들이 존재한다. 그들은 여러 음모의 배후로 지목되지만 대한민국에서 일을 꾸미는 것 같진 않다. 아마 우리나라에는 토종 세력이 있을 것이다. 포털 사이트 메인 화면을 장식한 유명인들의 스캔들부터 지방 도시 빵집 건물 지하실 사건까지, 그들은 사건의 경중을 따지지 않고 개입하는 게 틀림없다. 그들의 목적은 사건의 논점을 흐리고 두루뭉술하게 매듭짓는 것이다. 좋게 좋게 넘어갈 것!

이건 절대 허무맹랑한 가설이 아니다. 대도시의 중심가에만 있을 것 같던 대기업의 할인 마트들이 언제부턴가 구단지의 작은 골목 상권에까지 스며들기 시작했듯이, 권력을 쥔 자들의 활동 범위는 보통 사람들의 예상보다 훨씬 광범위하니까. 세상이 돌아가는 이치는 그게 그거니까.

우리 하숙집에서 출발해 인애네 하숙집을 거쳐 현암 독서실까지 오가기를 서너 번 반복하고 나자 제법 밤이 깊었다. 나는 혼자였고 골목은 컴컴했지만 외롭지 않았다. 내겐 동네 친구가 있으니까. 생텍쥐페리는 사막이 아름다운 건 어딘가에 우물이 숨어 있기 때문이라 했다. 내게 이 허름한 동네가 아름다운 건 어딘가에 핑크색 캐롤 잠옷을 입은 물리가 있기 때문이다. 도와 달라는 기별에 핑크색 잠옷 차림으로 달려오던 물리는 내가 아는 어른들 중에 가장 날래고 가장 패셔너블했다. 물리의 무릎까지 내려오던 핑크색 캐롤 잠옷은 그가 핵 변태, 양자 오타쿠가 아니라는 사실을 눈부시게 증명해 냈다. 음모를 주도하는 이들이 지방 어느 여고 물리 선생을 주목하기 전에 내가 먼저 알아봐서 다행이다. 내가 애착을 느끼는 사람들을 위해 무모하고 불온해지기, 갈 데까지 가 보기. 나는 원래 인애 파일의 공유자였다. 그 말은 내게 원래 파트너가 있었다는 뜻이다. 나는 나와 함께 세상의 음모에 맞설 파트너를 다시 데려와야 한다. 명실상부한 인애 파일의 최고 요원이자 끝장을 보는 일에 탁월한 재능이 있는 사람. 나는 그 요원을 데리러 삼천포 마트로 가야 한다.

<h1 style="text-align:center">3</h1>

"이천오백 원이네예."

띠링 차르르.

인애를 멀더리안으로 만들었다는 그 소리를 실제로 들으니 감회가 새로웠다.

삼천포 마트의 위치를 알려 준 건 물리였다. 물리는 담임을 통해 인애의 집과 가게 주소를 알아냈지만, 삼천포까지 동행하지는 않았다. 그는 개학을 맞은 고등학교 선생님이었다. 하지만 나한테는 친구를 되찾는 거사에 출결 따위가 대수냐고 격려해 주었다. 그리하여 개학 첫날, 나는 신우까지 달고서 인애를 찾아 나선 것이다.

"신우야, 창밖 좀 봐라. 우리가 언제 또 같이 삼천포에 가 볼 기고?"

나는 신우와 함께 낯선 도시로 떠난다는 사실이 설렜다. 하지만 신우는 이 여행의 목적이 인애를 데려오는 데 있다는 점이 맘에 걸리는 모양이었다.

"전에 내가 말했제? 니 인생에 끝까지 남는 사램이 낸지 인애라는 안지 두고 보라고. 잘 봐라. 인애는 또 사라졌다. 그 가시나는 수시로 니를 버려두고 떠날 기다."

신우의 말에 지지 않고 나도 입 아프게 대꾸했다. 물론 휴대폰 이어폰을 귀에 꽂은 채였다. 그러면 버스 승객들 눈에는 이어폰으로 누군가와 통화하는 것처럼 보일 테니까.

"내가 찾아가면 된다. 인애가 가끔씩 사라지는 건 생각이 많아져서다. 내가 싫어져서가 아니라. 그러니까 인애 보고 뭐라 하지 마라."

지구의 역사에도 빙하기와 간빙기가 갈마든다. 그러니 한 인간의 시간도 시기마다 결이 달라지기 마련이다. 인애의 경우엔 그 시간이 생각기와 수다기로 나뉠 뿐이다. 그러니까 지금 저 삼천포 마트 카운터에 앉아 있는 아이는 생각기의 인애다.

"할매, 아침나절부터 술입니꺼? 안주 좀 바꾸이소. 만날 새우깡, 지겹지도 않십니꺼? 담배꺼지 다 해서 육천팔백 원예."

띠링 차르르.

머리를 짧게 자른 할머니가 삼천포 마트에서 나왔다. 나는 숨을 크게 들이쉬고 마트 안으로 들어갔다.

"어서 오이…… 니, 뭐꼬?"

인애가 놀란 얼굴로 카운터에서 일어섰다.

"집에 갔더만 너네 엄마가 가게에 있을 기라 해서 와 봤다."

"야, 학교는 우짜고 온 긴데?"

"그라는 니는? 학교는 우짤 참인데? 개학 첫날 결석은 좀 그렇지 않나? 니나 내나 내세울 건 출석률밖에 없는 인간들인데."

"내사 마, 그 동네 가기도 싫다."

"니가 와? 니 어데서 피해자 코스프레고? 니 삼천포 내리간 뒤로 내랑 물리랑 경찰서 가서 뭘 보고 뭔 소릴 들었는 줄 아나?"

"경찰들이 와? 경찰들이 니랑 물리한테 뭐라 하던데?"

"이 세상 룰이 우떤지 한 수 갈차 주더라."

"루울?"

"어. 대놓고 룰이라는 표현을 쓰진 않았지마는 고마 넘어가자는 식이었다. 더도 말고 덜도 말고 딱 우리 동네 이장 할배 보는 줄 알았다."

"그 좋게 좋게 영감님?"

"어. 그래서 대체 와들 그라는지 내도 생각이라는 걸 좀 했다. 이건 내 나름의 결론을 적은 결과물이다."

나는 음모론을 정리한 검정 표지 노트를 인애에게 떠안겼다.

인애가 노트를 뒤적이며 킬킬거리는 사이, 유제품 코너를 둘러

보던 신우가 카운터 쪽으로 왔다.

"저기, 인애야, 실은 신우도 같이 왔다."

"신우? 어데? 지금 어데 있는데?"

인애가 노트를 탁 닫으며 물었다. 나는 인애 옆, 젤리와 껌 선반 쪽을 가리켰다.

"우리 일단 나가서 얘기하자. 가게 정신 사납게 만들면 우리 엄마한테 죽는다. 진아 니부터 나가라. 그래야 니 헛것 친구도 따라가지."

인애는 집에 전화를 건 뒤 마트 열쇠를 옆 건물 부동산에 맡겼다.

우리는 삼천포 마트에서 멀지 않은 노산 공원으로 갔다. 노산 공원 끄트머리 바위에 걸터앉자 삼천포 대교가 건너다보였다.

"으야, 박진아. 니 진짜 예측 불허다. 음모론을 떠올린 것도 그렇고, 내를 찾아 여까지 온 것도 그렇고. 다시 봤다, 가시나야."

인애가 지극히 멀쩡해 보여서 나는 조심스레 그날의 일을 꺼냈다.

"그때 와 그랬는데?"

"뭘?"

"경찰서에서. 니 그때 진짜 우리 동네 이장 할배 같았다. 니가 나서서 그만하라고 소리치는 바람에 물리랑 내는 똥 됐고, 총무 그 인간은 아무 처벌도 안 받고 있다. 아무리 이해를 할라 해도 당최 모리겠더라. 멀더리안 인애가 그리 무책임하고 감정적으로다 나온다는 게."

"경찰들이 정리한 그대로였다. 내는 내 발로 지하실에 들어갔고, 입술도 상자 모서리에 부딪쳐서 찢어진 거 맞다."

"참말 그기 다가? 그라믄 내한테 문자는 와 보냈는데?"

"그거는…… 무서바서."

"뭣이 무서웠는데?"

"그 상황이."

"그 상황이 와? 니 발로 들어갔다면서?"

"들어간 것까진 내 뜻이었는데 들어가고 보니까 아차 싶었다. 오빠가 내 손목을 무섭게 잡아끄는 것도 무서웠고, 오빠는 파티를 한다 그랬는데 케이크나 촛불도 없고 냄새나고 퀴퀴한 지하실인 것도 무섭더라! 가시나야, 됐나?"

인애는 무르팍에 얼굴을 묻고 엉엉 울었다. 나는 어깨를 들썩이며 우는 인애를 달래 주지 않았다. 인애가 가여웠지만 지금 더 캐묻지 않으면 영영 인애가 입을 다물어 버릴 것 같았다.

"그래서 총무한테 뭐라 했는데? 와 거짓말했느냐고 따지긴 했나?"

"무서웠다 안 하나. 캄캄한 데 둘이 있는데 우찌 따지는데?"

"그래서 가만있었나?"

"무섭다고, 나가자고 했다. 그랬더마는 총무 오빠가 선수끼리 이라지 말자고, 내숭 떠는 거 재수 없다고…… 그라믄서 오빠가 내를 층계참 옆쪽으로 떠밀었다. 나무 상자 쌓아 놓은 데. 너무 놀라

가 내가 왜 이러냐고, 이라지 말라고 소리쳤는데도 소용이 없었
다."

"뭐? 그 얘기를 와 이제 하는데? 그 새끼가 밀어서 다쳤다고 진
술을 했어야지. 그라고 뭐, 선수? 니가 우째 선순데? 별 미친놈 다
봤다. 그 사기꾼 놈을 그냥 아우!"

나는 소리를 지르다 말고 신우를 노려보았다.

"강신우! 이럴 때 니가 진짜 사람이면 도움이 될 긴데. 그 사기
꾼 찾아가가 조져 뿌라고 하고 싶은데. 니는 와 내 세계랑 섞이질
몬하는데?"

그러자 인애가 주위를 둘레둘레하며 속닥거렸다.

"박진아, 여기 삼천포다. 저짝에 지나댕기는 사람 중에 내 아는
사람도 있을지 모린다. 뭐, 상황이 상황이니만큼 소리 지르는 거야
내도 이해하지만, 니 시선 각도는 좀 신경 써라. 아무도 없는 허공
을 보고 소리를 지른다거나 그런 행동은 자제해 달라 그 말이다."

나와 인애를 내려다보고 섰던 신우가 슬픈 얼굴로 말했다.

"니 말대로 내랑 니 친구의 세계는 섞일 수가 없다. 지금 이 상태
로는 내가 할 수 있는 게 없단 말이다. 하지만 박진아, 니가 내 세
계로 온전히 건너오기만 하면 내는 완전해질 기다. 아무도 우릴 건
드리지 몬하는 세상에서 니랑 내랑 활개 치며 살 수 있다."

물질과 반물질이 만나면 서로 상쇄되어 빛으로 바뀐다 했다. 나
의 세계와 반세계는 이미 만나 버렸다. 반세계를 멀리 밀어 내지

못하면 나의 세계는 머잖아 빛이 되어 소멸할지도 모른다. 그 전에 시간이 남아 있다면 나는 인애를 원래대로 되돌려 놓고 싶다. 그것이 내가 개학 날 학교가 아니라 삼천포로 달려온 이유였다.

"지금이라도 경찰서에 가서 사실대로 말해라. 그 새끼가 거짓말한 거, 지하실에서 니한테 한 말과 행동 다 얘기해라."

"진아야, 내는…… 아직 잘 모리겠다."

"뭐를?"

"그때 지하실에 있던 사람이 내가 아는 총무 오빠랑 진짜로 같은 사람인지. 김해 마트 큰아들에다 내처럼 미스터리 마니아에 엑스파일 추종자에, 우린 정말 비슷한 게 많고 말도 잘 통했는데."

"그라믄 이라고 있지 말고 발로 뛰댕김시로 확인해 봐라. 총무말만 믿지 말고 그 인간이 말한 게 사실인지 하나하나 따져 보란 말이다."

그때였다. 신우가 손끝으로 내 어깨를 툭툭 쳤다.

"박진아, 일 다 봤으면 우린 고마 가자. 바닷가 쪽으로 가 볼까?"

"아직 말 안 끝났거등. 그라니까 방해 좀 하지 마라, 강신우."

나는 팔을 뒤로 휘저어 신우의 손을 뿌리쳤다.

"진아야, 니 지금 내 걱정할 때가 아닌 것 같다. 강신우도 진짜 줏대 없는 자슥이네. 다신 안 나타날 것처럼 달아났으면 그걸로 끝내야지, 와 또 왔다는데? 진아 니, 여름 방학 전보다 많이 말랐다."

"내도 안다. 그라니까 인애 니가 내를 좀 살펴보란 말이다."

인애는 다음 날 오후에 학교로 돌아왔다. 오전에는 경찰서에 들렀다 했다. 인애는 새로운 진술을 보태기 전에 총무의 인적 사항부터 확인했다고 했다. 그리고 총무가 김해가 아니라 산청 출신이며, 총무네 부모님은 김해 마트가 아니라 작은 카센터를 한다는 걸 알아냈다. 인애와 총무가 나누었던 교감들은 총무의 즉흥적인 창작품이었으며, 인애에게 수작을 걸기 위한 작업 멘트였던 것이다.

"그런데 진아야, 지하실에서 총무가 한 말을 다 불었는데도 경찰은 별 반응이 없더라. 그래서 말인데 내도 그 음모론을 믿기로 했다. 이 세상은 범죄 피의자보다 일이 어떻게 된 건지 따지고 드는 사람을 더 미워하고 성가셔한다는 걸 알겠더라. 진실은 텔레비전 뉴스에도 없고, 경찰서에도 없고, 이 낡아 빠진 학교에도 없다. 진실은 늘 저 바깥에 있다. 더 트루쓰 이즈 아웃 데얼!"

멀더리안 인애의 완연한 귀환이었다.

"내는 저 바깥에 있는 진실을 위해 싸울 기다. 끝을 볼 기다."

그렇게 멀더리안 인애는 진화했다.

4

연락을 받은 건 오후 수업이 끝난 다음이었다. 진교 장 옷 가게 주인이 오전에 문자를 보낸 모양인데 휴대폰이 꺼져 있어서 오후에야 확인을 한 것이다. 맨 먼저 인애에게 달려갔다.

"인애야, 진교 장에서 연락이 왔다. 꽃년이가 지금 거기 있다는데 우짜꼬?"

"뭐? 야, 그라면 일단 연락을 해 준 사람한테 꽃년이를 붙잡고 있으라고 부탁부터 해라."

역시 인애는 일의 절차를 알고 있었다. 나는 인애가 시킨 대로 옷 가게 주인에게 전화를 걸었다.

"야, 시외버스 시간 기다렸다가 진교까지 갈라면 너무 늦는다.

가만있어 봐라."

휴대폰으로 진교행 시외버스 시간을 검색하던 인애는 물리에게
전화를 걸었다.

"샘, 혹시 차 있어요? 그라믄 진아랑 내 좀 진교까지 태워다 주
이소. 진짜 박진아 일생일대의 중대한 일이 있어서 그럽니더. 맘은
급하고 부탁할 사람은 샘밖에 없고. 그라니까 우리 좀 태워 주세
요, 예?"

그로부터 약 십오 분 뒤 인애와 나는 현암 독서실 근처 사거리
에서 물리를 기다렸다. 물리가 사거리로 우리를 태우러 온다고 했
기 때문이다. 검정색 제네시스가 다가왔다. 혹시나 하면서도 우리
는 목을 빼고 운전석을 살폈다. 하지만 제네시스는 우리를 스쳐 지
나갔다. 그다음에는 이 부근에선 좀처럼 보기 힘든 은색 아우디가
왔다. 아우디는 미끄러지듯 우리 쪽으로 다가왔다. 인애와 나는 멍
한 눈길로 마주 보다 아우디 쪽으로 다가갔다. 하지만 우리를 약
올리듯 아우디도 멀어져 갔다. 잠시 후 핑크색 바탕에 군데군데 캐
롤이 그려진 모닝이 도착했다. 일찍이 본 적도 탄 적도 없는 캐롤
카였지만 눈곱만큼의 거부감도 들지 않았다. 외려 오밤중에 나의
SOS를 받고 잠옷 차림으로 달려오던 물리가 생각나 코끝이 시큰
했다. 하여튼 우린 한배를 탄 사이, 한캐롤카를 탄 사이가 되었다.

캐롤의 마법에 걸린 사십 대 남자와 성추행 미제 사건의 피해자
인 여자애, 환상에 시달리는 십 대 여자애가 캐롤카 안을 꽉 채우

고 있었다. 나는 운전에 방해될까 봐 신우가 조수석에 타고 있다는 걸 비밀에 부쳤다.

캐롤카는 남해 고속도로를 맹렬히 달려갔다.

"이쯤 되믄 박진아 일생일대의 과업이 뭔지 털어놓는 게 예의 아이가?"

물리가 말했다.

어디서부터 이야기를 꺼내야 할지 막막했다. 아직 결론 난 게 없으므로 이야기의 앞뒤도 불분명했다. 결국 나는 감진 마을 노인들에게 꽃년이 이야기를 들은 일을 털어놓았다. 그리고 포대기에 싸여 버려진 애기부터 장터 떠돌이 꽃년이와 빼닮은 얼굴, 꽃년이와 비슷한 증상까지 죄다 이야기했다. 내가 이 일에 뛰어들 수밖에 없었던 이유와 차츰 꽃년이와 나의 관계에 대해 심증을 굳혀 간다는 것까지 모두 다.

"아이고야, 사연도 굽이굽이. 누가 들으믄 열여덟 살짜리가 아니라 백여든 살 노인네 얘긴 줄 알겠다."

"사연 많기로는 샘도 만만치 않아요."

인애가 픽 웃으며 끼어들었다.

남해 가기도 좋고 순천 가기도 좋은 진교에 꽃년이가 있다. 많고 많은 장들을 어떻게 옮겨 다니는지 끝내 파악이 안 되던 그가 지금 진교에 있다. 2번 국도와 달리 먼 지역으로도 길이 죽죽 열려 있는 남해 고속도로를 따라 꽃년이를 만나러 갔다.

내게 꽃년이 소식을 알려 준 이는 진교 공설 시장 앞 난전에서 옷을 파는 아줌마였다.

"자, 냉장고 티 사이소. 몸에 달라붙다 안 하고, 조물조물 빨아 가가 탁탁 털어 널믄 금세 마리고, 올여름엔 이기 대셉니더!"

아줌마가 손님들을 불렀다.

아줌마의 얼굴과 팔목은 온통 검게 그을려 있었고 피부도 거칠었다. 볕과 바람을 맞으며 견딘 장터의 시간이 온몸에 고스란히 담겨 있었다. 시장 중심 상가에 상설 입주한 상인들과 달리 아줌마는 재래식 그대로 오일장을 따라다니며 사는 모양이었다.

"요새 정신이 쪼매 돌아왔는지 오늘은 시장통 돌믄서 쓰레기통도 비워 주고 하는갑더라. 가 봐라."

아줌마는 공설 시장 안쪽을 가리켰다.

"그기…… 제가 꽃년이 얼굴을 몰라서요."

"얼굴 알고 자시고 할 필요도 없다. 딱 보믄 알게 돼 있다."

우린 공설 시장 안으로 들어섰다.

누가 슬그머니 손을 잡기에 당연히 인애일 줄 알았는데 신우였다.

"어디든 같이 가 주겠다고 내 입으로 말했으니까 약속 지킬 기다."

신우는 혼자 다짐이라도 하듯 내 손을 꽉 틀어쥐었다. 어정쩡하게 옆으로 뻗은 내 손을 보고서 인애가 물었다.

"혹시 신우도 왔나?"

"어."

"그눔아 혹시 내 차 무임승차한 거 아이가?"

뭉리가 물었다. 나는 싱긋 웃는 걸로 대답을 대신했다.

"진짠가 보네. 내 차 조수석은 캐롤만 앉을 수 있는데. 나쁜 시키."

뭉리가 내 옆쪽 허공에 대고 주먹을 붕붕 휘둘렀다. 하지만 신우는 벌써 서너 걸음 앞에서 걷고 있었다. 신우가 뭉리를 때릴 수 없듯이 뭉리 역시 신우를 때릴 수 없었다.

옷 가게 아줌마 말처럼 꽃년이는 따로 찾을 필요가 없었다. 온몸으로 자기가 꽃년이임을 부르짖는 이가 저만치 생선 가게 앞에 있었기 때문이다. 머리에 진홍색 두건을 두르고 비슷한 색깔 옷을 받쳐 입은 여자가 시장 통로 가운데 서서 사람들을 부르고 있었다.

"언니야, 이 집 해물 싸고 맛있다. 좀 사다 무라."

하지만 사람들은 꽃년이를 비껴갔다.

"꽃년아, 됐다, 고마. 저 가서 쉬고 있어라. 내 이따 밥 시키 줄 테니까 걱정하지 말고. 니가 이래 설쳐 싸니까 올 손님도 달아난다, 고마."

생선 가게 주인 할머니가 손을 휘저었다.

"아니라예. 제가 이거 싹 다 팔아 줄 긴께 걱정 마이소."

꽃년이가 웃었다. 잔주름투성이인 얼굴과 지저분한 피부, 듬성

듬성한 치아. 꼿꼿한 자세가 아니었다면 꽃년이가 엄마 연배의 노인인 줄 알았을 것이다. 요 며칠 볕에 그을렸는지 꽃년이의 콧잔등과 광대뼈가 붉고 반질반질했다. 나는 그 얼굴 어디에서도 나를 찾아낼 수 없었다. 윗도리는 한여름에 어울리지 않는 스웨터였고 하의는 술이 달린 긴 치마였다. 발등 부위가 너덜너덜 찢긴 앵클부츠 아래로 맨발이 살짝 드러나 있었고, 손은 멀리서 봐도 시커멨다. 그리고 한 번씩 뭔가를 뿌리치는 시늉을 하며 허공에 대고 눈을 흘겼다.

"고마 놓으이소. 와 이럽니꺼? 귀찮구마는."

그러다 다시 지나가는 사람들을 붙잡고 생선을 사라 했다.

인애가 날 끌어안았다.

"진아야, 우리 고마 갈까? 내는 모리겠다. 니가 저 여자를 와 만내야 하는지."

"걱정 마라. 내 알아서 할게."

나는 인애를 떼어 냈다. 물리가 등을 두드려 주었다.

"그래, 기왕 온 거 속 시원히 다 물어보고 오이라. 니 이럴 때 보믄 공부를 해도 잘할 아 같은데."

물리의 농담에 팽팽하고 저릿하던 근육들이 다소 부드러워지는 느낌이었다. 나는 인애와 물리를 두고 꽃년이에게 갔다. 신우가 나란히 걸어 주었다. 이 순간만큼은 신우의 환상이 밉지도 싫지도 않았다. 우리 집 담을 풀쩍 넘어와 날 안아 주었을 때처럼 신우가 꼭 필요한 존재처럼 느껴졌다. 내 생각을 읽기라도 한 것처럼 신우가 나를 끌어안았다. 신우 옷에서 쨍한 볕 냄새가 났다.

"박진아, 놀라지도 말고 울지도 말고 또랑또랑하게, 알제?"

내가 고개를 끄덕이자 신우가 물러났다.

"아가, 니 돈 있나?"

꽃년이가 물었다.

"네."

"그라믄 잘됐다. 여서 물고기랑 해물이랑 좀 사 가라. 내가 여 주인 할매랑 친한 사람이다. 주인 할매 품성도 좋고 물고기도 좋고, 내 말 믿고 여서 사라."

꽃년이가 내 팔을 우악스레 끌어당겼다.

"꽃년아, 니 참말로 와 이라노? 장사를 도로 망치고 있다, 니가."

생선 가게 할머니가 역정을 냈다.

"아줌마, 아줌마가 진짜 꽃년이 맞아예?"

"뭐? 대갈빡에 피도 안 마른 게 어른보고 꽃년이가 뭐꼬? 여 할매야 내를 잘 아는 사람인께 그리 불러도 되지만 니는 그라믄 안 되지. 느그 부모가 예의범절을 그따구로 갈차 주드나?"

꽃년이가 지저분한 손끝으로 내 이마를 쿡쿡 찔렀다. 그러다 다시 허공을 향해 팔을 붕붕 휘둘렀다.

"놓으이소, 고마. 정신 사납아서 일을 몬 하겠네."

꽃년이가 누구와 이야기하는지는 모르지만 꽃년이 눈앞에 누군가 있다는 건 알 수 있었다. 아마도 내가 신우와 대화할 때 남들 보기엔 저랬을 것이다.

"저는…… 감진 마을에서 온 박진아라 합니다. 사람들이 저보고 아줌마 젊었을 때를 빼닮았다 하대요. 그래서 여쭤 볼라꼬 왔십니더."

"아이고야, 닮긴 닮았네. 한 십 년 전만 해도 꽃년이가 이 얼굴이 아이던 기다. 고왔지. 참말 미친년 안 같고 이쁘장했던 기다."

생선 가게 할머니가 거들었다.

꽃년이가 자기 손을 치맛자락에 쓱 닦고는 내 턱을 만졌다.

"내가 우찌 생겼는지 잊아뿐 지 오래라서 모리겠다만, 니가 뭐 한다고 내를 닮았을 기고?"

"내는 태어난 지 얼마 안 돼서 감진 마을 박도열, 강분년 씨 집 앞에 버려졌십니더. 그란데 마을 어른들이 내가 아줌마를 닮았다 해서 꼭 한번 만내 보고 싶었십니더."

꽃년이는 내 얼굴에서 손을 떼고는 주춤주춤 뒤로 물러났다.

"아줌마, 혹시 내를 압니꺼?"

"모린다. 내는 암것도 모린다. 이거 좀 놓으이소. 내가 오늘은 그쪽이랑 말을 섞기 싫다고 몇 번을 말해야 알아묵십니꺼?"

꽃년이가 몸서리치며 팔을 휘둘렀다. 억센 손이 내 뺨을 치고 지나갔다.

"아가, 니 괜찮나?"

생선 가게 할머니가 꽃년이를 밀치며 말했다.

"니 참말 안 꺼질 기가? 죄 없는 아를 와 때리고 자빠졌는지 모리겠네. 저리 안 가나? 사람 불러서 쫓아내기 전에 니 발로 나가라!"

꽃년이는 계속 뒷걸음질 쳤다.

모든 일에는 인과 관계가 있다. 그럼에도 나는 엄마 아빠의 딸이 되기 전의 일을 구체적으로 생각해 본 적이 없었다. 당연히 생모가 있고, 생모가 나를 키울 수 없었던 사연이 있었을 거라는 얄팍한 짐작만 해 왔을 뿐이다. 대충 넘어간 부분에서 꼭 시험 문제가 나오듯 그간 회피해 왔던 이야기들이 생선 비린내와 마구 뒤섞이며 한꺼번에 달려들었다. 이토록 비리고 이토록 축축한 게 너의 이야기라고 부르짖는 것만 같았다.

신우가 내 어깨를 감쌌다.

"떨지 마라, 박진아."

신우 얘길 듣고서야 내가 떨고 있다는 걸 알았다. 어릴 적에 엄마 치맛자락을 붙든 채 듣고 있었던 다리 밑 설화와 고무 대야 설화들이 귓전에 윙윙거렸다. 아기가 버려지는 장면으로 시작하던 이야기들…….

"박진아, 괜찮나?"

어느새 다가온 인애가 내 볼을 살살 어루만졌다. 물리도 서너 걸음 떨어진 곳에서 나를 보고 있었다. 꽃년이는 빅뱅 이후 팽창하는 우주처럼 뒷걸음질로 멀어지고 있었다. 나는 인애와 신우를 뿌리치고 꽃년이를 쫓아갔다.

"아줌마! 하나만 대답해 주고 가이소. 혹시 딸을 낳은 적 있어예?"

"모린다고 안 하드나. 세상 번잡시럽고 옆에서는 몬살게 굴고, 니는 또 누고?"

꽃년이가 팔을 휘저을 때마다 쉰내가 날아왔다. 생선 가게 앞에서는 비린내에 묻혀 있던 체취가 와락 밀려들었다. 한여름에 겨울 스웨터 차림으로 돌아다니는 저 여자와 나의 관계를 규명하려면 침 한 방울, 머리카락 한 올이면 된다.

"몇 주 전부터 아줌마를 찾아댕깄십니더. 혹시 장터에서 내 얘기 못 들었십니꺼?"

"서포 장 칼갈이 할배가 뭐라 쌌긴 하더라만 내는 농인 줄 알았지. 세상천지에 내를 찾는 사람이 어데 있일까 싶어서."

꽃년이는 진홍색 두건 밑으로 손가락을 집어넣어 머리를 긁었다. 그러다 다시 허공으로 팔을 내뻗었다.

"아줌마는 참 게으른 사람 같십니더. 내는 아줌마 젊었을 적 얼굴이랑 닮은 것 같다는 말 한마디에 이리 아줌마를 찾아나섰는데. 혹시나 아줌마가 내를 알까 해서 말입니더. 그란데 아줌마는 참말로 미련하고 더럽고 못됐십니더."

"내한테 이라지 마라. 내는 암것도 모린다고 했는데……."

나는 두건 아래로 비집고 나온 꽃년이의 희끗희끗한 머리카락을 가만히 보다가 돌아섰다. 머리카락만 있으면 나와 꽃년이의 수수께끼가 풀릴 것이다. 우리가 정말 엄마와 딸이라 명명될 수 있는 사이인지, 나한테 신우가 보이는 게 꽃년이에게서 유래한 병인지 죄다 밝혀질 터였다. 하지만 우리가 흘려 버린 시간도 그리 간단히 해명될 수 있을까?

저만치 물리와 인애가 있었다. 거기서 두어 걸음 떨어진 곳에 신우도 있었다. 신우가 두 팔을 활짝 펼쳐 보였다. 감진 마을 우리 집 담을 넘어와서 꼭 안아 주던 신우의 품이 생각났다. 쨍한 볕만큼 따사롭고 세상이 울리도록 심장이 두근거리던 그날의 포옹. 힘껏 달려가 마침내 다다를 품이 실제로 있다면, 저기 생선 가게와 잡화상 사이에 서 있는 신우가 진짜 사람이라면 얼마나 좋을까?

뚜벅뚜벅 걸어서 물리와 인애에게 갔다.

그때였다. 내게서 멀리 후퇴하기만 하던 꽃년이가 나를 쫓아왔다.

"아가, 내는, 내는 뭐가 우찌 됐는지 모린다. 아가, 내는 진짜로 모린다."

꽃년이가 흐느꼈다.

나를 장터로 몰아붙인 건 감진 마을 노인들의 수다에 섞여 있던 아주 작은 진실의 화소였다. 그리고 지금 꽃년이의 구취 가득한 고백 속에서 나는 잃어버린 진실의 원형을 감지했다. 껙껙 목쉰 소리로 날 모른다고 말하는 저이는 나를 알 수밖에 없고, 내가 찾을 수밖에 없는 그이가 맞았다.

추웠다. 닭 튀기는 냄새와 족발 삶는 냄새, 신발 가게 앞에 줄지어 놓인 고무장화의 붉은 빛깔, 비좁은 시장 통로를 따라 몰아치는 열기…… 내 몸이 감각하는 것들이 이토록 선명한데도 나는 꽁꽁 얼어붙을 것 같았다. 꽃년이의 스웨터가 포근해 보일 만큼 추웠다. 내 웃옷을 움켜쥔 꽃년이의 손을 떼어 내고 물리의 품에 안겼다. 물리의 손이 서툴게 나를 토닥이는 사이 인애가 내 등에 코를 박고 훌쩍였다.

5장 꽃 달고 살아남기

내가 흐느낀 것은
리처드 파커가 아무 인사도 없이
날 버리고 떠났기 때문이었다.
서투른 작별을 하는 것은
얼마나 끔찍한 일인가.

—얀 마텔 『파이 이야기』 중에서

1

누구 인생이 더 지질한가.

그리 내기라도 하듯 물리와 인애, 나는 각자 연루된 스캔들 앞에
서 초주검이 되었다. 대체 어떤 경로로 소문이 번졌는지 모르지만
지하실 사건이 개학 둘째 주 학교를 휩쓸었다. 인애는 가공할 존재
감을 얻은 동시에 날마다 삼십 분씩 상담 선생님과 면담하라는 과
제를 얻었다. 인애와 총무의 스캔들은 폭행 미수 사건에서 시작해
차츰 총무와 인애의 동거설, 임신설로 확대되었다. 급기야 학부모
들의 투서가 날아든다는 소문이 돌더니 애들 사이에서 강제 전학
이라는 단어까지 튀어나왔다.

불똥은 애꿎은 물리한테도 튀었다. 핑크색 캐롤 잠옷을 입고 경

찰서까지 동행한 물리의 이야기는 몇 날 며칠 식지도 않고 회자되었다. 그동안 뒤에서 수군대던 아이들은 아예 물리의 면전에서 캐롤 변태 어쩌고 하며 도발을 감행했다. 대체 아이들이 어떤 경로로 물리의 옷차림을 알게 되었는지는 알 수 없지만, 학부모들의 투서가 인애뿐 아니라 물리도 겨냥했음은 두말할 나위가 없다.

그나마 대중의 시선으로부터 가장 자유로운 게 나였다. 나로 말할 것 같으면, 아니 나야말로 눈앞에 휘몰아친 비극에 집중할 시간이 필요했다. 앞으로 꽃년이를 또 만나야 할지, 엄마에게 이 일을 알려야 할지 말아야 할지, 자기 세계로 건너오라고 나를 꼬드기는 신우는 또 어떡해야 할지 내 앞엔 골치 아픈 일들이 첩첩 쌓여 있었다. 하지만 인애와 물리의 일이 워낙 떠들썩하고 꼴 같지도 않게 돌아가는 통에 나는 힘든 내색조차 할 수가 없었다.

이 와중에도 인애는 검정 표지 노트를 꼼꼼하게 기록하며 나의 증상을 예의 주시했지만, 내가 보기에 당장 도움이 필요한 사람은 인애였다. 나는 쉬는 시간마다 인애의 교실로 달려갔다. 화제의 중심인 인애는 늘 대여섯 명 아이들에게 둘러싸여 있었다. 인애의 스캔들을 반복 재생하고 부풀리는 애들도 문제지만, 이 일에 맞서는 인애의 화법도 문제라면 문제였다. '쩨쩨한 년' 출신 인애는 소문의 스케일을 감당하지 못하고 소리만 질러 댔다.

"그래 잤다, 잤어! 이년들아! 이제 됐나?"

인애는 대중을 상대로 한 시선 처리나 화술에 약했다. 그 꼴을 보고 있으려니 한숨이 절로 나왔다. 나는 아이들을 비집고 인애 곁으로 갔다. 엑스파일 시리즈의 핵심은 멀더와 스컬리의 콤비 플레이 아니던가.

"봐라, 느그! 확인 안 된 사실로 친구를 괴롭히는 것도 폭력이라는 거 알제? 내는 그날 밤 일을 이 두 눈으로 직접 목격한 사람이다. 여기 내보다 그 일을 잘 아는 사람 있나? 보지도 않은 일을 카더라 통신만 믿고 떠드는 것들이 와 이리 많은데?"

대중을 상대로 한 시선 처리나 화술에 익숙지 않기는 나도 마찬가지였다. 하지만 열여덟 살 여름날이 우리를 뜻하지 않은 궁지로 몰아가는 이상, 이대로 투항할 것인가 반격할 것인가 선택을 해야 했다. 나는 가늘게 떨리는 목소리를 침으로 눌러 삼키며 계속 눈을 부라렸다.

"그라고 하나만 물어보자. 느그, 그 일을 대체 누구한테 들었는데? 인간적으로 궁금해서 그러니까 말 좀 해 주라."

"내 친구가 자기 아빠한테 들었다더라."

하얀 안경테를 낀 애가 말했다.

"니 친구 아부지가 뭐 하시는 양반인데?"

"경찰이시다. 이제 됐나?"

나는 하얀 안경테에게 다가갔다.

"그 경찰 이름 좀 불러 봐라. 가서 피해자 명예 훼손으로 고발할라면 이름 석 자라도 알아야 할 거 아이가. 피해 학생을 보호해 주지는 못할망정 일을 부풀리서 입 싼 딸내미한테 옮긴 경찰 실물도 좀 보고 잡고. 코딱지만 한 소도시에서 경찰이 그따구로 처신해서 되겠나? 이라니 이 도시가 발전이 없고, 이 나라가 성장이 없는기다. 그란께 일을 좀 바로잡아야 할 필요가 있다. 그 경찰 이름 대라, 퍼뜩!"

하얀 안경테는 흠칫 놀라는 표정으로 얼버무렸다.

"그…… 그걸 내가 니한테 와 알려 줘야 하는데?"

"뭐, 니가 말 안 해 줘도 상관은 없다. 가서 신고를 하면 줄줄이 엮이 나오게 돼 있으니까."

그러자 하얀 안경테가 벌떡 일어나 내 가슴팍을 떠밀었다.

"니가 뭔데? 니가 뭔데 신고를 하니 마니 하는데?"

"그라는 니는 뭔데? 니는 뭐라고 인애를 공격하는데? 인애가 잘못한 거는 잠깐 등신같이 그 새끼 꾐에 빠진 거밖에 없다. 그래도 사태를 파악하자마자 내한테 구조 요청을 했고, 물리가 경찰에 신고하고 잠옷 바람으로 달려와 줬다. 이기 사건의 기승전결이다. 뭐 더 보탤 거 있나?"

수세에 몰린 하얀 안경테는 쌍시옷으로 시작하는 단어를 씹어 뱉으며 신경질적으로 교실을 뛰쳐나가 버렸다. 지금껏 인애를 에워싸고 있던 아이들도 흩어졌다. 그 애들의 떨떠름한 표정을 보고 있자니, 끝났다는 느낌보다는 오히려 감당하기 벅찬 싸움판에 발을 들였다는 느낌이 들었다.

"니 아까 진짜 스컬리 같았다. 으야, 가시나, 누가 내 친구 아니랄까 봐. 쫌 하더라, 니."

저녁에 인애가 쌍쌍바를 샀다. 제 딴에는 내가 도와준 게 감격스러웠는지 더 크게 떨어진 쪽을 내게 내밀었다. 평소 같으면 어림없는 일이었다. 삼천포에서 가져온 쥐포도 통 크게 한 마리씩 내준 적 없는 인애였다.

쌍쌍바 맛은 달달한데 우린 둘 다 기분이 고약했다. 대놓고 말하진 않았지만 텅 빈 동네 골목을 바라볼 때조차 오만상을 쓰고 있는 서로의 면상만 봐도 알 수 있었다.

작년에 친구를 따라 성당에 갔을 적에 '말씀이 육화되었다.'라는 얘길 들은 적이 있다. 골자는 신의 말이 예수라는 존재로 태어났다는 건데, 그 어려운 내용을 내가 한 방에 알아들었다는 사실에 우쭐하여 정작 얘기 자체에서 종교적 감흥을 느끼지는 못했다. 말씀은 육화된다. '누구야, 내 아를 낳아도!' 따위의 한낱 문장에 지나지 않던 프러포즈도 결혼과 임신, 출산으로 이어지지 않는가. 한동안 잊고 있던 그 신학적 담론을 이 시국에 떠올린 건 인애를 둘러싼 소문이 실체화되는 걸 지켜봤기 때문이다.

고삐 풀린 말이 경찰서를 박차고 나가 우리 학교를 휘돌았고, 아이들의 가정을 돌고 돌아 마침내 학부모의 투서가 되어 날아왔다. 투서의 내용을 알아내 다시 학교에 퍼뜨린 '중간책' 또한 놀라웠다. 그에 비하면 멀더리안 인애의 정보력은 보잘것없었다. 인애가 가진 건 이 모든 일들이 몹시도 불쾌하다는 감정적 판단뿐이었다.

그래도 물리에 비하면 인애는 형편이 나은 편이었다. 인애는 미성년자에 학생이기 때문에 부모의 보호를 받을 수 있었고, 강제 전학이니 정학이니 하는 말들이 흉흉하게 나돌아도 학교에서 쉽게 어쩌지는 못했다. 하지만 물리는 핵 폭풍을 고스란히 혼자서 감당하고 있었다. 학생들의 비아냥거림은 그럭저럭 견디더라도 그놈의 투서들은 한 남자가 감내하기에 너무나 수치스러운 내용이었다. 물리는 다만 캐롤을 사랑했을 뿐, 학생들을 해코지한 적도 없고 학교나 동네에서 변태 행위를 한 적도 없다. 물리의 잘못이라면 오밤중에 학생의 전화를 받고 잠옷 차림으로 뛰쳐나왔다는 것뿐이었다. 그가 계산적이고 이기적인 사람이었다면 제자가 성폭행 위기에 처했다는 기별 앞에서도 옷을 갈아입는 여유를 부렸을 것이다. 아니, 그가 계산적이었다면 애초에 캐롤에 빠져들지도 않았을 것이다.

심지어 물리는 진교 장에 데려다 달라는 우리의 전화를 받고 또 득달같이 달려왔다. 핑크색 캐롤카를 우리 앞에 공개하기가 껄끄러울 수도 있었는데 그는 계산기를 두드리지 않고 우리에게 왔다. 판이 이렇게 되도록 패를 뒤집은 사람은 나다. 번번이 물리를 세상 밖으로 불러냈으니까. 내가 까발려 버린 물리의 민낯은 사람들에게 환영받지 못했다. 사람들은 적당히 꾸민 모습, 고등학교 선생이라는 배역에 걸맞은 외양을 원했던 거다.

우린 파라솔 테이블에 축축한 막대 두 개를 나란히 놓았다. 그 파라솔은 우리가 처음 물리와 회동했던 문제의 장소였다.

"샘이 이제는 우리 밉다 하겄제?"

인애가 쌍쌍바 포장지를 둘둘 말며 물었다.

"그걸 말이라 하나. 꼴도 보기 싫을걸?"

"니 문제로 샘 불러내기 전까지 나나 내나 어지간히 샘을 싫어했는데. 샘은 왜 바보같이 니랑 내를 그리 도와줬을까? 내가 멀더고 니가 스킬리면 샘은 뭐였을까?"

인애와 나는 유치원생처럼 역할 놀이에 심취한 애들이지만 물리는 아니다. 물리는 언제나 진짜로 나타났고 무언가를 해냈다.

"샘은 어벤저스다. 토르, 헐크, 캡틴 아메리카 그딴 거 다 합친 캐릭터다. 다 되니까. 상담되지, 득달같이 달리오지, 차 있지, 운전 잘하지⋯⋯."

"고만해라. 눈물 날라 그런다. 니가 그라니까 갑자기 샘이 보고 싶다."

수업 시간에 1학년 물리 선생님이 물리 대신 들어온 지 일주일째였다. 물리가 자발적으로 칩거를 택한 건지, 학교 측에서 징계 절차를 밟는 건지는 알 수 없었다. 결국 우린 물리에게 전화를 걸지 못하고, 쌍쌍바 때문에 끈적거리는 손을 비비며 각자 하숙집으로 돌아가야 했다.

가뜩이나 머릿속이 어지러운데 신우는 사흘이 멀다 하고 내 방에 나타났다. 이 상황을 감추려고 나는 종일 라디오를 켜 두었고 인애를 제외한 그 누구도 내 방에 들이지 않았다. 빨래도 잽싸게 걷어 왔고 밥도 다른 애들보다 빨리 먹고 치웠다. 아줌마가 수박을 잘라 준다 해도 마다하고 내 방으로 튀어 들어왔다. 내 행동거지를 수상하게 여긴 하숙집 아줌마가 이따금 내 방문을 열어젖혔지만 아줌마의 시선은 방바닥과 벽만 훑을 뿐이었다. 방바닥에 앉아서 책을 읽던 신우가 짜증스러운 눈길로 아줌마를 올려다보아도 아줌마는 아무것도 몰랐다.

내 세상에만 존재하는 것들이 있다. 신우라는 아이, 그 애의 포옹, 그 애와의 다툼……. 내 인생은 시작부터 만천하에 공개되었던 터다. 동네 노인들은 업둥이의 성장 과정을 보려고 담을 넘어다보고 우리 집 거실을 들여다보고 내 방 책상을 살폈다. 그때마다 나는 노인들과 엄마 아빠가 모르는 뭔가를 갖고 싶었다. 아주 어릴 때는 아무에게도 들키지 않고 나만 가지고 놀 수 있는 장난감이 있었으면 했고, 좀 더 커서는 나만 아는 친구가 있었으면 했다. 둘이서 이불을 뒤집어쓰고 킥킥거리고, 전 장군이 합천댁 할머니나 약국 할아버지의 말처럼 훌륭한 사람이 아닐지도 모른다는 생각을 털어놓아도 괜찮을 친구, 감진 마을 어귀 평상을 뒤엎어 줄 친구……. 어릴 적 그 꿈이 신우에게 존재의 명분을 줘 버린 건 아닐까? 내 눈에만 보이고, 나만 만질 수 있고, 나만 대화할 수 있는 친구…… 결국 신우를 불러낸 건 나였다.

인애에게는 신우의 일을 숨기지 않았다. 인애와 나 사이엔 검정 표지 노트가 있었고 나는 헨젤이 낯선 오솔길에 조약돌을 뿌리듯, 나와 신우의 일을 거기다 적어 두었다.

2

"담임이 내가 물을 흐린다고 지랄을 해 쌌더라. 자숙하란다. 내가 뭘 어쨌는데?"

인애가 씩씩거렸다.

내가 별 대꾸를 하지 않자 인애도 금세 한풀 꺾인 표정으로 한숨을 쉬었다.

"이 주째다. 샘 이대로 둬도 되나?"

내 생각에도 더는 안 될 것 같았다. 지하실로 인애를 끌고 간 총무도 여태 별다른 처벌을 받지 않은 상태에서 학생을 구출한 물리가 이렇게 수세에 몰려 꼭꼭 숨는다는 건 말이 안 됐다. 그렇다고 뾰족한 수가 떠오른 것도 아니었다.

"좀만 더 기다리 보자. 뭐 벨일이야 있겠나? 상식이 있는 사람이라면 물리보고 뭐라 몬 할 기다. 상을 줘도 모자랄 판이니까."

하지만 나의 기대는 하루 만에 산산조각 났다.

캐롤 집착남 물리에 관한 스캔들은 수그러들기는커녕 새로운 에피소드까지 추가해서 몸집을 부풀렸다. 그리고 그 에피소드는 암만해도 나와 인애의 얘기가 분명했다.

"야, 들었나? 물리가 변태 차에 여자애들 태우는 거 본 사람이 있다더라."

"여자애들? 누군데?"

"그것까진 모리고 하여튼 우리 학교 교복이었다더라."

그날 인애와 나는 교복 차림이었다. 옷을 갈아입을 여유도 없었으니까.

"진짜가? 토 나올라 그런다. 애들 태우고 어디 갔다던데?"

캐롤이 그려진 원피스 잠옷만으로 물리의 혐의를 입증하지 못했던 여론은, 캐롤카와 여자애 둘의 등장을 쌍수 들고 환영하는 듯했다. 그 변태가 꼭 자기 같은 자동차에 여자애들을 태웠다면 이야기는 달라지니까. '기승전'은 없고 '결'만 남아 맹렬히 세포 분열을 해 댔다.

그날 저녁, 인애가 내 방에 자러 왔다.

"진아야, 내 아무래도 팜므파탈인 것 같다."

인애가 땅이 꺼져라 한숨을 쉬었다.

"니가? 팜므파탈이라기에는 너무 동글납작하게 생긴 거 같은데 뭔 얘기고?"

"내는 전화 한 통으로 한 남자의 인생을 아작 내 뿟다. 이기 다 전화 한 통에서 비롯된 기다. 뭐할라 샘한테 전화를 했을까, 이놈의 손모가지!"

"물리 샘 이야기가?"

"어. 내가 니랑 신우 문제로 물리 샘을 불러내지만 않았어도, 물리 샘은 독야청청 캐롤의 남자로 잘 살 수 있었는데. 내가 화근이다."

바닥에 엎드려 누운 인애는 주먹으로 방바닥을 퍽퍽 내리쳤다. 나야말로 가슴을 치고 싶었다. 뭐가 됐건 사건의 중심에는 항상 내가 있었으니까.

자책 말고 내가 할 수 있는 일이라곤 담임을 따라다니며 물리의 일을 따지는 것뿐이었다.

"샘, 와 물리 샘이 욕을 묵어야 합니꺼? 세상에 선생님이 학생을 도와주고도 욕을 묵는 게 말이 됩니꺼? 물리 샘은 변태도 아이고 나쁜 사람도……."

하지만 담임은 내 얘기를 끝까지 들으려 하지도 않았다.

"네가 뭘 안다고 나서는데? 많은 사람이 누군가를 위험인물로 지적한다믄, 다 그만한 이유가 있는 기다."

"물리 샘이 어째서 위험인물입니꺼? 누굴 해코지한 적도 없는

데.”

“그라믄 펭소 행동거지가 수상쩍던 교사가 여학생들을 학교 밖에서 따로 만나고, 차에 태우고 댕긴 게 펭범한 일이가? 박진아, 네가 도인애 단짝이라는 거는 안다만, 이럴 때는 얌전히 처신하는 기다. 이거는 네놈들이 아니라 어른들이 나설 일이다 그 말이다, 알긋나?”

담임은 나를 쏘아보고는 가 버렸다. 갑갑한 마음에 나는 상담실로 뛰어갔다. 그나마 상담 선생님은 내 이야기를 끊지 않고 들어주었다. 하지만 역시나 돌파구는 없었다.

“안 그래도 인애가 귀 따갑게 얘기했던 기다. 그란데 진아야, 그 문제는 우리가 손댈 수 있는 게 아이다. 우리는 인애한테나 신경 쓰자.”

자칭 ‘팜므파탈’ 인애의 참회를 비웃듯 시간은 흘러 달력의 앞자리가 바뀌었다. 물리의 잠행은 길어졌고, 나는 늘 그래 왔듯 매월 첫 주 주말을 엄마와 함께 보내기 위해 감진 마을로 가야 했다.

시외버스는 2번 국도를 따라 달렸다. 익숙한 길과 익숙한 냄새, 소리들……. 누구의 부모인지는 모르지만 오며 가며 버스에서 마주쳤던 얼굴들도 보였다. 목줄이 팽팽한 누렁이와 금이 간 도로 반사경, 허물어진 농막 따위로 각인된 마을들을 지나갔다.

한 달 만에 만난 엄마는 전보다 입가의 팔자 주름이 더 깊어져 있었다.

"왔나? 멀미는 안 했고?"

내 가방을 받아 드는 엄마의 발치에 처음 보는 강아지가 있었다. 강아지는 내가 무서운지 마당 가 포도나무 덤불 아래로 반쯤 기어 들어갔다.

"엄마, 강아지 키우나? 갑자기 뭔 강아지고?"

배가 포동포동하고 털이 북슬북슬한 걸로 봐서는 진돗개 같은 데 주둥이가 검고 꼬리가 너무 짧은 걸 보면 똥개 같기도 했다.

"저기 그래도 횡천댁 할매 집에서 얻어 온 기다. 저놈 어미가 말도 몬하게 사나웠으니까 저놈도 나중에 한몫 단단히 할 기다."

"사나운 개를 어따 쓸라꼬?"

"미친년 물어 뻬라고 키운다."

엄마가 입언저리를 씰룩거렸다.

"미친년? 누구? 동네 할매들이랑 싸웠드나?"

"있다, 고마. 니는 신경 쓸 필요도 없다."

엄마는 횡하니 부엌으로 들어가 버렸다. 집 안 공기가 전에 없이 낯설었다. 평소의 엄마 같으면 하숙집 반찬 얘기며 학교 얘기로 숨 돌릴 틈도 없이 내게 질문을 쏟아 냈을 터였다. 부엌에서 감자 찌는 냄새가 났다. 그건 엄마가 날 기다렸다는 증거다. 엄마 말로는 내가 어릴 적부터 갓 쪄 낸 감자에 하얀 설탕을 송송 뿌려 주면 그렇게 좋아했다고 한다. 감자뿐이 아니다. 잇몸이 약한 엄마가 밥을 되게 짓는 것도, 된장찌개에 돼지고기를 넣는 것도 다 내가 좋아해서다. 나는 찐 감자에 환호하던 일도, 된밥이 좋다 했던 일도, 된장찌개에 들어 있는 돼지고기를 맛있게 건져 먹던 일도 기억나지 않지만 엄마는 나를 먹이는 일에서만큼은 비상한 기억력을 발휘했다.

저녁을 먹고 텔레비전 앞에 늘어져 있는데 엄마가 머리에 베개를 받쳐 주었다. 원래는 이때쯤 동네 노인들을 보고 오라고 닦달했을 엄마다.

"엄마, 오늘은 와 평상에 나가 보라는 소리 안 하는데?"

"안 나가도 된다."

"뭔 일 있었나? 오늘 우리 엄마 좀 이상한데?"

결국 나는 내 발로 마을 어른들을 보러 갔다. 괜히 오밤중에 불려 나가느니 일찌감치 다녀오는 게 나을 것 같아서였다.

평상 둘레에 모깃불을 피워 놓고 모여 앉은 노인들은 나를 보자 못 볼 걸 본 것처럼 소스라쳤다. 이장 할아버지는 헛기침을 해 댔고, 순천댁 할머니는 보풀도 없는 민소매 셔츠를 만지작거리며 내 눈을 피했다.

"진아 왔드나? 더븐데 공부하니라고 욕봤제?"

합천댁 할머니가 내 손을 잡았지만 그 손길조차 뭔가 개운치 않았다.

"뭔 일 있었십니꺼? 엄마도 그라고 할매 할배들도 그라고 갑자기 와들 이라는데예?"

나는 노인들을 둘러보았다.

"뭔 일은 무신. 이 촌구석에 뭔 일이 있을 기고? 들에 나가고 짐 승 밥 주고, 세끼 밥 채리 묵고, 우리들 사는 기야 일 년 열두 달 똑 같지, 뭐. 니도 공부하니라고 힘들었을 긴데 고마 가서 쉬라. 자자, 우리도 오늘은 그만 들어가입시더. 날도 꿉꿉하고 모기는 달라들 고 가만 앉았기도 곤욕이네예."

딴 사람이 이렇게 말했다면 그러려니 했을지도 모른다. 하지만 오늘 모임을 파하자고 말한 사람은 이장 할아버지였다. 이장 할아 버지는 감진 마을의 주축이고 좋은 분이었지만 좋게 좋게 넘어가 자는 말로 사건의 본질을 덮어 버리는 데 탁월한 재주를 발휘하는 사람이기도 했다. 그래서 나는 노인들이 단체로 나를 속이려 든다 는 걸 확신할 수 있었다.

온몸의 신경이 곤두섰다. 날이 저물고, 아직 짝을 못 찾은 매미 들이 울어 대고, 멀리 저수지에서 황소개구리 소리가 났다. 감진 상회 변칠이가 낑낑거리고, 이따금 마을 앞으로 차들이 지나갔다. 하지만 익숙한 것들 사이에 몹시도 이질적인 뭔가가 도드라졌다. 그건 평상에서 멀지 않은 마을 회관 앞에 놓인 여자 부츠였다. 술 에 취한 할아버지들이 마을 회관에서 잠을 자곤 하니 회관 앞에 신발이 있어도 이상한 일은 아니었다. 하지만 슬리퍼나 고무신, 운 동화가 아니라 계절에 맞지 않는 부츠라니······.

회관 앞으로 갔다. 반쯤 열린 문 너머에서 누군가 코 고는 소리가 들렸다. 나는 발등 부위가 찢어진 앵클부츠에서 눈을 뗄 수가 없었다. 그건 내가 아는 누군가의 신발이었다.

"내 뭐라 하디요? 저 미친년을 고마 어디 병원에 넘겨 뿌자 안 하디요?"

합천댁 할머니가 팔꿈치로 약국 할아버지를 쿡쿡 찔러 댔다. 내 맘속에 이는 의혹이 사실이라고 증명해 주는 셈이었다. 어차피 날이 새면 알게 될 일을 굳이 감추려 했다는 게 어이없었다. 그건 감진 마을 노인들의 습관이었다. 나중 일은 나중에 생각하고 일단은 좋게 좋게 넘어가는 게 이 마을 최고의 미덕이니까.

"언제 왔던가예?"

콩나물 대가리를 다듬는 감진 상회 할머니에게 물었다.

"그기…… 좀 됐다. 어디서 뭔 소릴 들었는지 니를 만내러 왔담시로 아예 저기 회관에다 살림을 채맀다. 쫓아낼라 캐도 니가 보고 접어서 왔다고 울어 대믄 그기이 또 천륜 같애서 우리도 뭣을 우째야 할지 모리겠고. 소금을 뿌리고 물을 퍼부움시로 쫓아내도 소용도 없고. 정신이 멀쩡할 때는 동네 사람들 따라 밭에 가서 깻잎도 따고 풋고추도 따고 일을 야무지게 하니라. 그러다 홱 돌아 뿌믄 또 헛소리를 중얼거림시로 논두렁에 구르고 지랄을 한다. 오늘도 가만있는 우리 변칠이한테 싸움을 걸다가 종아리를 물어뜯기 가이고 사달이 났던 기라. 상처에 부으라고 소주를 줬더마는 지가 다 처묵고 저래 자빠져 자는 기다. 얻어묵는 주제에 처묵기는 또 얼매나 처묵는지."

주어가 생략된 문장들이었지만 나는 그게 누구 얘긴지 단박에 알 수 있었다.

마을 회관으로 들어갔다. 나는 감진 마을 박진아가 꽃년이를 찾더라는 얘기를 장터 곳곳에 뿌려 두었다. 그 말들이 또 이렇듯 실체화되었다. 진홍색 스웨터 아래로 꽃년이의 가슴팍이 오르락내리락했다. 이름이 무언지, 어쩌다 장터를 떠돌게 됐는지, 왜 나를 찾아 여기까지 왔는지 그 모든 사연을 두툼한 옷으로 여미고서 꽃년이는 잘도 잔다. 나는 그 곁에 무릎을 꿇고 앉아 쉰내 가득한 꽃년이의 몸을 만져 보았다. 나는 절대 당신처럼 떠돌아다니지 않을 거라고, 머릿속이 고장 났다는 걸 사람들에게 들킬 만큼 허술하지 않다고 소리치고 싶었다. 한번 확 꼬집어 주면서 마구 원망을 쏟아 내고도 싶었다. 왜 나에게 이런 인생을 물려주었느냐고 따지고 싶었다. 그러면서도 아무 데서나 잘 먹고 잘 자는 꽃년이의 뻔뻔한 적응력에 맘이 놓였다.

"진아야, 모기 문다. 가자, 고마."

언제 왔는지 엄마가 회관 밖에 서 있었다.

엄마 얼굴이 왜 저리 야위었는지 그간의 일들이 짐작됐다. 엄마는 성내고 울고 토라지고 소리 지르다 제풀에 지쳤을 것이다. 엄마를 달래 주는 건 나밖에 없는데 나마저 곁에 없었으니까.

나는 꽃년이를 두고 회관 밖으로 나왔다. 불안한 눈길로 우리를 훑어보는 노인들 곁을 지나 집에 다 가도록 나는 엄마 손을 놓지 않았다.

"엄마가 말한 미친년이 꽃년이가? 꽃년이가 우리 집에 들어올까 봐 개를 키우는 기가?"

"니년이 옴마 속을 우찌 알 기고. 느 아부지라도 살아 있이믄 술이라도 한잔할 긴데. 사는 게 막막시럽고 적막 같애서 똑 죽겄다."

"그라믄 내랑 한잔할까?"

"뭐? 말이 되는 소릴 해라."

"뭣이 말이 안 되는데? 엄마랑 딸이랑 같이 마신다는데 누가 뭐라 할 기고?"

"그라믄 딸이랑 옴마랑 딱 한 잔만 하자. 내장도 얼큰하게 볶고 해서 맛있게 묵으까?"

엄마와 동네 노인들이 꽃년이를 왜 쫓아내지 않았는지 알 것 같았다. 그건 그들이 더러운 포대기에 싸인 갓난아기를 내치지 않았던 바로 그 사람들이기 때문이다. 이 마을에서만 통하는 상식이 싫고, 마을 노인들의 간섭이 못 견디게 싫으면서도 내가 한 달에 한 번씩 꼬박꼬박 2번 국도를 따라 이곳으로 돌아오는 건 엄마 때문만이 아닌지도 모른다. 나는 열일곱 해 전에 나를 안아 올려 박도열 씨네 안방에 뉘어 주었던 저들의 진심을 알고 있다. 내가 찾아낸 꽃년이를 저들은 마을 회관에 뉘어 놓았다. 열일곱 해 전에 내가 겪은 기적이 꽃년이에게서 재생되고 있었다.

엄마가 부엌에 간 사이 마당에서 누군가 부르는 기척이 들렸다.

혹시 잠에서 깬 꽃년이가 찾아왔을지도 모른다는 생각에 얼른 뛰쳐나갔다. 엄마가 알아채기 전에 한적한 곳으로 꽃년이를 데려가야 할 것 같았다. 하지만 담장 너머에 있는 사람은 꽃년이가 아니라 신우였다.

"꽃년이가 감진 마을에 왔다면서? 니 괜찮나?"

"내가 걱정돼서 온 기가?"

신우가 담장 너머로 손을 뻗어서 내 머리를 쓰다듬었다.

이 세상에 나를 속속들이 이해하는 사람은 신우 하나였다. 내 눈앞에 있는 신우는 바로 이 담장에서 태어난 아이였다. 지긋지긋해서 당장 떠나 버리고 싶은 마음과 늙어 가는 엄마 아빠 곁에 있어야 한다는 의식이 내 머릿속에 깊은 협곡을 만들어 내던 어느 날, 나는 또 하나의 신우를 내 인생으로 불러들였다. 구정물을 뒤집어쓰고 달아났지만 언젠가 돌아오라고, 내가 더 의지하고 사랑할 테니 한 번 더 날 찾아오라고 빌었던 것이다. 그러니 젖은 교복을 털며 달아나던 신우도, 지금 내 앞에 서 있는 신우도 아무 잘못이 없다.

하지만 나는 또 한 번 신우를 아프게 할 수밖에 없다.

"신우야, 내 암만해도 여기를 좀 고쳐야겠다."

나는 손끝으로 내 머리를 가리켰다.

"내가 미쳐 버리면 엄마랑 이 동네 어른들이 내를 키운 세월이

헛수고가 된다. 그란께 내는 무슨 수를 써서라도 이 병을 고칠 기다."

"박진아, 니 내 잘못 봤다. 내는 니 포기 안 한다. 우리 둘이서 할 일이 얼매나 많은데 그걸 다 낫두고 내보고 떠나라고? 내가 중학교 때 그 어린앤 줄 아나? 내는 절대 니만 두고는 안 간다."

"아니, 니는 사라지게 될 기다. 내가 그렇게 만들 거니까. 신우야, 니는 내가 아는 신우가 아이다. 니는 신우랑은 상관없는 환상일 뿐이다."

"닥치라, 박진아!"

신우는 분노로 일그러진 얼굴로 담을 넘으려 했다.

"들어오지 마, 신우야. 내는 어릴 때 헤어진 그 신우를 찾아갈 기다. 내가 그리워한 건 그때 그 작고 야위고 손도 꾀죄죄하던 신우지 니가 아이다. 그러니까 넌 그만 돌아가라."

나는 담을 넘어오려는 신우의 어깨를 두 팔로 막았다.

"박진아, 니가 내를 또 밀어 내면 나는 어디로 가야 되는데? 저 캄캄한 데로 내를 쫓아내지 마라, 진아야."

신우가 감진 마을을 에워싼 어둠을 가리켰다. 나는 차마 신우를 바라볼 수가 없어 눈을 감아 버렸다.

3

드디어 나도 스캔들의 주요 인물로 등장하기 시작했다. 그날 물리의 캐롤카에 탔던 여고생이 나와 인애라는 소문이 퍼졌기 때문이다. 그리고 그 소문에 호응하듯, 주말 사이 나는 뺨과 목덜미에 생채기를 만들어 왔다. 살구색 흉터 밴드를 길게 잘라 붙였지만, 자잘한 생채기가 워낙 많아서 절로 아이들의 눈길을 끌었다. 아이들의 상상력이 폭주하며 물리를 둘러싼 추문은 정점을 찍었다. 그 멍 자국의 실체를 아는 건 인애 하나였다.

"그놈아 막을라다가 담벼락에 마구 긁혔다고? 어휴, 무슨 푸닥거리를 해서라도 신우 좀 얼른 떼어 내야겠다."

과학 수사를 추구하는 멀더리안 인애의 입에서 미신적인 푸닥거리라는 말이 나올 만큼 내 뺨과 목덜미의 상처가 선명했던 것이다.

물리는 나와 인애의 전화를 받지 않았다. 문자를 보내도 답이 없었고, 집에 가서 초인종을 눌러도 소용없었다. 인애는 총무의 일로 다시 경찰서를 오갔다. 그때마다 삼천포 마트 사장님이 납시었는데 인애와 나는 무슨 나쁜 일을 저지른 공범처럼 주눅이 들었다. 당당하지 못할 이유가 없는데도 당당할 수가 없었다. 그러기엔 삼천포 마트 사장님의 낯빛이 너무 우울해 보였기 때문이다. 분노라면 오히려 다루기 쉬웠을 것이다. 맞받아칠 수도 있고 그 분노에 상처받아 낑낑대는 시늉이라도 할 수 있을 테니까. 하지만 우리를 죄의식의 구렁텅이로 몰아넣는 침울한 표정에는 정말이지 당할 재간이 없었다.

"엄마 아빠는 니 하나 믿고 산다 아이가."

그 한마디로 충분했다.

인애는 집안의 기대를 산산조각 내고, 부모님을 하루아침에 의지할 곳 없는 사람으로 만들어 버린 불효자, 문제아였다. 띠링 차르르, 띠링 차르르! 현실의 알람 소리에 맞춰 살아온 사장님은 아무래도 인애에게 너무 많은 기대를 걸었던 모양이다.

사건 초기부터 줄곧 물리가 강력하게 대응했고, 삼천포에서 돌아온 인애가 한결같은 진술로 피해 사실을 주장했지만 경찰의 입장은 변함이 없었다. 강간 미수는커녕 강제 추행도 범인이 협박이나 폭력을 행사한 확실한 증거가 있어야 한다나 뭐라나, 경찰은 복

잡한 법률적 해석을 내놓으며 사건을 끌어 봐야 불기소 처분에 그칠 거라고 했다. 그들이 보기엔 그날 밤 아무 일도 일어나지 않은 거였다. 이 갑갑한 상황에서 인애와 내가 할 수 있는 건 조미 쥐포와 음모론을 잘근잘근 씹는 일뿐이었다.

"둘을 갈라놓자. 그 수밖에 없다."

인애가 송곳니로 쥐포를 툭 끊으며 말했다.

"그기 뭔 소린데?"

"경찰과 총무를 분리해서 각각 대응하자 그 말이다. 경찰은 내 말도 안 믿어 주고 합의만 강요했다. 그리고 그날 있었던 일을 경찰서 밖으로 새 나가도록 만들었다. 우리가 할 일은 경찰을 감시하는 기관에다가 이 사실을 일러바치는 기다."

"경찰을 감시하는 기관? 거기가 어딘데?"

"내야 모리지. 근데 공무원을 조사하는 옴부즈만 제도도 있다 안 하나? 경찰 감시하는 곳도 당연히 있겠지. 그라고 우리한테는 그분이 있다 아이가, 물리! 물리 샘은 알고 계실 기다. 샘이 돌아오면 이 엿 같은 싸움의 2라운드를 시작하는 기다."

우리 곁에 있을 때나 없을 때나 물리의 존재감은 한결같았다. 하지만 물리가 귀환하여 그 감시 기관을 알려 준다 해도 우리가 이 싸움에서 이긴다는 보장은 없었다.

"인애야, 만약에 그 감시 기관이 경찰 편이면 우짜는데? 가재는 게 편이라는 속담도 있다 아이가."

"그라믄 그 감시 기관보다 더 높은 기관을 찾아가서 일러바치면 된다. 그 기관도 똑같으면 그다음, 또 그다음 계속 올라가면 된다."

"그기 뭐꼬? 결국은 아무 소용 없는 싸움이 되는 거 아이가?"

"싸움에서 이기느냐 지느냐만 놓고 보면 그렇지. 하지만 계속 가다 보면 이 거대하고 구린내 나는 음모의 배후 세력, 우짜면 최후의 일인자와 맞닥뜨릴지도 모린다. 그라믄 그 자체로도 엄청난 소득이다."

듣고 보니 그런 것도 같았다. 음모가 판치는 세상에서 멀더 추종자로 잔뼈가 굵은 인애만이 해낼 수 있는 생각이었다.

"경찰은 그렇다 치고, 총무는? 총무한테는 우짤 긴데?"

"직접 전화를 해야지. 경찰서에 가서 사실대로 말하라고, 그다음엔 내한테 사과하라고. 내를 속이고 무섭게 하고 괴롭게 해서 미안하다 사과하라고 말이다."

"사과할 놈이면 지금까지 가만있었겠나?"

"피켓이라도 맹글어서 산청 그 인간 집에 쳐들어가야지."

인애는 앞에 총무가 있기라도 한 듯 눈을 부라렸다.

"산청 가게 되면 말해라. 내도 같이 갈게. 삼천포도 갔는데 산청을 못 가겠나?"

우리는 대응 전략을 바꾸고 결의도 다졌다.

하지만 그 어떤 대응책으로도 삼천포 마트 사장님의 침울함을 해결할 순 없었다. 사장님은 갈수록 말수가 줄어들었고 담배만 늘었다. 사장님이 인애의 하숙방에 앉아 줄담배를 태우는 동안 우리는 무릎을 꿇고 앉아 있을 수밖에 없었다. 다리에 쥐가 나도, 담배 연기에 눈이 따가워도 꾹 참아야 했다.

사장님은 사건 해결에 갑갑함을 느낀다기보다 인애와 총무 사이에 모종의 감정선이 오갔다는 점 자체에 절망한 눈치였다. 내 딸이 그런 잡놈과 엮이다니! 게다가 인애의 유일한 친구로 추정되는 나는 한쪽 뺨과 목덜미를 밴드로 뒤덮은 채 돌아다니고 있었다. 겉으로 드러난 그림만 봐서는 영 믿음이 안 갈 것이 분명했다.

감진 마을에 갔던 날 밤, 나는 담을 넘어 들어오려는 신우를 막으려다 담벼락에 얼굴과 목을 긁히고 말았다. 내가 버둥거리는 기척에 놀란 강아지가 깽깽 짖어 댔다. 부엌에서 소 내장을 볶던 엄마가 고함을 질렀다.

"쉿! 어데 밤중에 낑낑거리노? 고마 확 패 뿔라."

그 소리에 담장에 얹힌 신우의 손이 느슨해졌고, 나는 그 틈을 놓치지 않고 신우를 담 밖으로 밀어 버렸다. 그 반동으로 나는 나대로 마당에 나동그라졌다. 이게 내 얼굴에 난 생채기의 기승전결이다.

그렇게 생긴 생채기가 물리의 혐의와 결합할 줄이야, 나도 인애도 예상 못 한 반전이었다. 삼천포 마트 사장님이 돌아가자마자 나와 인애는 이대로 계속 지낼 순 없으며 뭔가 해야겠다고 결심했다.

물리의 집 주변을 샅샅이 뒤져 보았지만 캐롤카는 없었다. 물리는 출타 중이었다. 차라리 잘된 일인지도 모른다. 우리가 자기를 변태 오타쿠로 대하거나 말거나 물리는 늘 자신이 선생임을 잊지 않았다. 그러니 인애와 내가 하려는 짓을 알면, 우릴 내버려 두지 않을 터였다.

우린 한 사람씩 번갈아 가며 카메라 앞에 서기로 했다. 무대는 인애의 하숙방이었다. 삼천포에서 가져온 건어물이 들어 있는 미니 냉장고와 엑스파일 DVD가 즐비한 책상이 배경이었다.

먼저 인애 차례였다. 왜 총무를 따라 그 지하실에 갔는지부터 시작해 나에게 구조를 요청한 사실과 첫날 경찰서에서 솔직하게 진술할 수 없었던 이유까지, 인애는 담담한 목소리로 털어놓았다. 인애는 물리에 관한 보고로 동영상을 끝맺었다.

"그날 잠옷 바람으로 달려와 준 물리 선생님께 감사드립니다. 선생님 아니었으면…… 정말 생각하기도 싫습니다. 슈퍼맨의 쫄쫄이 의상에는 환호하면서 선생님의 핑크색 원피스 잠옷은 용납 못 하는 사람들이 이 동영상을 많이 돌려 봤으면 좋겠습니다."

다음은 내 차례였다. 나는 인애처럼 간단하지가 않았다. 물리와 우리를 둘러싼 오해들을 종식하려면 그날 밤 내가 왜 하고많은 어른 중에 물리에게 도움을 청했는지 밝혀야 했다. 결국 나는 꽃년이와 신우 얘기를 털어놓을 수밖에 없었다. 사실을 밝히면 나는 평범한 삶에서 퇴출당할 게 뻔하다. 하지만 침묵하면 물리가 퇴출당한다. 지금껏 누려 왔던 현실에서 쫓겨나는 게 두려워 진실을 침묵하는 건 세상이 익히 보여 준 방식이다. 불의에 맞서 입을 열었다가 불이익을 당한 내부 고발자들의 다큐멘터리를 본 적도 있고, 진실을 밝혀 달라는 요구를 끝내 묵살하는 사고 책임자들에 관한 뉴스도 봤다.

"시작 안 하나?"

인애가 재촉했다.

캐롤카를 몰고 달려오던 물리는 내가 이 세상에서 만난 가장 뜨거운 진실이다. 앞뒤를 재지 않고, 1초도 계산하지 않고 가야 할 곳으로 달려가는 사람. 그런 사람이 온갖 추문으로 수장되고 있다. 하지만…… 엄마 얼굴이 떠올랐다. 삼천포 마트 사장님이 인애에게 인생을 배팅했듯 우리 엄마한테도 나밖에 없다. 산자락 논을 팔아 내 대학 등록금을 대겠다는 엄마다. 일흔여섯. 어쩌면 지금까지 엄마와 내가 함께한 날들보다 앞으로 함께할 날들이 적을지도 모른다. 미칠 때 미치더라도, 세상에서 쫓겨날 때 쫓겨나더라도 엄마 생전에는 평범하게 사는 모습을 보여 드려야 하지 않을까…….

"인애야, 마지막으로 하나만 묻자."

"또 뭔데? 니 밥솥이가? 와 이리 뜸을 들이고 자빠졌는데?"

휴대폰으로 날 찍고 있던 인애가 휴대폰을 내려놓으며 짜증을 냈다.

"이 일을 미제 사건으로 남기면 안 되는 거 맞제?"

"미제 사건? 물리 일을 이대로 덮자는 말이가? 미쳤나, 니!"

나도 지금 내가 얼마나 이기적인 말을 내뱉었는지 안다. 하지만 인애 방 책꽂이에 꽂혀 있는 엑스파일 DVD에는 끝내 해결되지 못한 사건들이 수두룩하다. 이 일도 그중 하나로 남기면 안 되는 걸까?

"정신 채리라, 박진아. 휴……. 스컬리는 언제나 스컬리다. 멀더가 맹신으로 치달을 때마다 구해 주고 도와준 게 스컬리다. 나중에는 스컬리도 멀더처럼 몸소 온갖 일을 겪는다. 죽은 언니의 전화도받아 보고, 암에도 걸려 보고, 죽은 언니의 딸인 줄 알았던 아가 자기 딸이라는 황당한 일도 겪어 보고, 나중에는 진짜 임신도 한다. 그래도 스컬리는 스컬리였다. 캐릭터가 흔들리면 시리즈가 주저앉는다. 지금까지 잘 버텨 왔다 아이가. 이제 와서 흔들리면 안 된다, 박진아. 내는 니를 믿는다. 니는 살짝 돌았지만 싸워서 이겨 낼 힘이 있는 아다."

인애가 다시 휴대폰을 치켜들었다. 총구보다 매서운 카메라가 나를 응시하고 있었다. 인애 말이 옳다. 이건 미제로 남길 사건이 아니다. 답을 아는 사람이 있으니까. 그리고 하필 그게 나니까.

"안녕하세요, 박진아입니다. 저는 도인애와 친굽니다. 지하실 사건 당시 물리 선생님께 도움을 청했던 장본인이고, 여러분도 알다시피 물리 선생님의 차를 얻어 탄 사람이기도 합니다. 지금부터 그 일들에 대해 말씀드릴까 합니다. 어렵게 밝히는 바이지만, 저는 환상을 봅니다. 제 눈에만 보이는 어떤 남자애가 있어요. 저는 그

애를 볼 수 있고 만질 수 있고 냄새도 맡을 수 있습니다. 하지만 다른 사람들은 그 애를 못 봅니다. 제가 그 애와 이야기를 하거나 싸움을 하면 다들 제가 미친 줄 압니다. 그래서 물리 선생님께 상담을 요청했습니다. 다른 어른들한테 얘기하면 곧장 나를 어디 병원에 데려갈 것 같았거든요. 그래서 나만큼이나 약점이 있는, 변태라고 알려진 물리 선생님을 찾아간 겁니다.

물리 선생님은 제 이야기를 다 들어 주었어요. 인애가 지하실에 갇혀 있을 때 제가 경찰 대신 선생님께 전화를 건 건, 그날 밤에도 제 옆에 환상의 남자애가 있었기 때문입니다. 그 애가 나를 못살게 구는데 경찰 앞에서 그 모습을 들킬까 봐 이미 제 증상을 알고 있는 선생님을 불러낸 겁니다.

물리 선생님은 인애가 위험하다는 전화를 받자마자 부리나케 달려왔습니다. 잠옷 차림으로요. 그 옷차림 때문에 이토록 조롱을 받고 징계까지 당할 줄은 모르고서요. 선생님은 저를 돕고 인애를 구하려고 옷도 갈아입지 않고 뛰어나온 거였습니다. 그게 여러분이 놓쳐 버린 진실입니다.

그리고 저와 도인애가 물리 선생님의 자동차를 얻어 탄 것 역시 제 문제와 연결돼 있습니다. 저는 갓난아기였을 때 지금의 엄마에게 입양됐습니다. 그런데 최근 제 생모로 추정되는 사람을 찾았습니다. 저한테 나타나는 증상이 혹시 그 생모와 관련된 것일지도 모른다는 생각에, 또다시 물리 선생님께 부탁을 했습니다. 생모일지도 모르는 사람을 만나러 가는데 함께 가 달라고요.

이게 물리 선생님과 우리의 진실입니다. 제 얼굴에 난 상처는 제 스스로 만든 겁니다. 내 눈에만 보이는 남자애랑 실랑이를 하다가 집 담벼락에 얼굴을 긁혔습니다. 물리 선생님은 아무 잘못이 없습니다. 이 노트에는 그동안 저한테 어떤 증상이 나타났는지 자세히 기록되어 있습니다. 증거가 필요하다면 이 노트를 보여 드릴 수도 있어요."

나는 검정 표지 노트를 들어 보이고는 말을 이었다.

"제 인생을 걸고 말씀드리는데, 그날 밤 물리 선생님은 하나도 변태 같지 않았습니다. 선생님은 자기 학생이 위험하고 부당한 일을 겪었다는 사실에 분노하고 있었어요. 그리고 선생님은 핑크색 잠옷이 끝내주게 잘 어울렸습니다. 세상 어떤 사람보다도요. 이상입니다."

"니, 서울말 잘하네. 억양만 쪼매 손보면 완전 서울 토박이 같겠다."

인애가 웃었다.

인애는 우리가 찍은 동영상을 편집하여 아이들의 단체 채팅방에 뿌렸다. 그다음으로 우리가 아는 선생님들에게도 빠짐없이 보냈다. 말이 퍼져 나가듯 동영상도 절로 퍼져 나갈 것이다. 우리의 목소리를 담은 이 동영상은 머잖아 실체화되어 나타날 것이다. 말씀은 육화되기 마련이다.

"괜찮나?"

"어, 생각보다 암시랑토 안 하다."

내 뜻과는 상관없이 내 인생은 초장부터 까발려졌던 터다. 노인들만 사는 마을에 공개 입양된 뒤로 나는 비밀을 갖는 데 사활을 걸었다. 결국 신우라는 비밀을 만든 것도 나였다. 열여덟 살 여름에, 내 인생은 또 한 번 까발려졌다. 이번에는 내 동의하에, 내가 직접 커밍아웃을 했다. 기분은 나쁘지도 좋지도 않다. 다만 앞으로 내 인생이 곱절 바빠질 것 같다는 예감이 든다.

미쳤다는 꼬리표를 달고도 살아남을 수 있을까? 학교에 계속 다닐 수 있을까? 다른 애들처럼 남자 친구를 사귀고 대학에 가고 돈을 벌 수 있을까? 나는 내가 접근할 수 있는 모든 진실을 마주했다. 이제 남은 건 생존의 문제다.

물리가 돌아온 건 동영상을 제작 배포한 지 사흘째 되는 날이었다. 물리는 뒤늦게 동영상을 확인하고 나와 인애에게 달려왔다. 편의점 파라솔을 무대로 한 우리의 해후가 얼마나 뜨거웠는지, 맞잡은 손을 풀고 아이스크림 봉지를 집었을 때 쌍쌍바는 이미 물로 변해 버린 뒤였다. 차고 물컹한 액체 사이에 꼬챙이 두 개가 떠다녔다. 물리는 나와 인애에게 아이스크림을 새로 사 주었다. 한 사람 앞에 하나씩 사 준 덕에 나와 인애는 쌍쌍바의 분배를 둘러싼 미묘한 긴장에서 벗어날 수 있었다. 이럴 때 보면 물리가 정말 어른 같다. 그는 캐롤의 남자이기 이전에, 제자들에게 쌍쌍바를 돌릴 수 있을 만한 마음새와 경제력을 지닌 어른이다. 나와 인애도 무사히 자라서 물리처럼 어른의 세계에 안착할 수 있을까? 누군가에게 쌍쌍바를 사 줄 만큼 돈을 버는 따뜻한 어른. 그 사소한 꿈이 내게서 멀어져 가는 기분이 든다. 빅뱅 이후의 우주처럼 나를 둘러싼 세계가 점점 더 빠르게 멀어지는 것 같다.

"샘, 저 잘리겠죠? 최소 휴학 권장이겠죠?"

흉흉한 얘기들이 달콤한 아이스크림에 섞여 아무렇지 않게 흘러나왔다.

"너희가 이리 대책 없는 놈들인지 참말 몰랐다."

물리가 바밤바 포장지를 벗겼다. 바밤바는 감진 마을 노인들이 가장 좋아하는 아이스크림이다. 나와 인애, 물리의 세상과 감진 마을 노인들의 세상. 무슨 대척점처럼 동떨어져 보이는 두 영역 사이에도 공통점은 있다.

인애가 두어 번 베어 먹던 쌍쌍바를 물리 앞에 내밀었다.

"샘, 우리 짠! 해요."

나와 인애의 쌍쌍바, 물리의 바밤바가 부딪쳤다.

칼이나 술잔이었으면 모양이 더 그럴싸했을지 몰라도 이 여름 우리에겐 이게 최선이다. 물러 빠졌지만 청량한 결의!

담벼락에서 밀어뜨린 이후로 신우는 나타나지 않았다. 하지만 머잖아 나를 찾아올 것이다. 그땐 또 얼마나 모질게 신우를 밀어 내야 할까? 침이라도 뱉어 주고 싶을 만큼 나 자신이 밉지만 쉽게 생각하기로 했다. 암 환자는 종양을 떼어 내야 하고 나는 신우의 환상을 떼어 내야 하는 거다. 앞으로 내가 어떻게 될지는 가 보기 전에는 모르는 거다. 여름 방학이 시작되기 전에 이 여름이 이토록 뜨겁게 폭발하리란 걸 몰랐던 것처럼. 래퍼 바비는 「가」라는 곡에서 갈 데까지 가라고 소리쳤다. 나는 이 여름의 끝이 어떨지 모르지만 뚜벅뚜벅 걸어서 갈 데까지 가 볼 참이다.

에필로그

"드디어 만나나, 눈알 미남?"

"눈알 미남? 그런 것도 있나?"

물리가 룸미러로 우릴 보았다.

"진아한테 강신우 어디가 그리 좋으냐고 물었더마는 눈알이 맘에 든다 하더라고예."

우리는 신우를 태우고 신우를 만나러 가는 중이었다. 물리와 인애는 신우가 캐롤카 조수석에 앉아 있다는 사실을 알고 있었다. 내가 현실의 신우를 만나려 한다는 걸 안 뒤로 환상 속 신우가 다시 나타났다. 신우는 내게 애원하고, 나를 괴롭혔다. 하지만 진짜 신우가 있는 곳을 알아낸 이상 이 일을 더는 미룰 수가 없었다.

열다섯 살 여름에 훌쩍 전학 가 버린 강신우는 광양에 살고 있었다. 신우가 다니는 학교를 찾아 준 건 이번에도 물리였다.

"와 내가 떨리는지 모리겠다."

인애가 호들갑을 떨며 제 가방끈을 꽉 깨물었다.

"기대하지 마라. 신우…… 키 작을지도 모린다. 지금 생각하면 신우네 부모님 두 분 다 키가 고만고만했거든. 그리고 결정적으로 신우가 내한테 시큰둥할 수도 있다. 원래 때린 놈이 다리 못 뻗고 잔다고, 내가 괜히 속으로 켕기는 게 있어 가가 그눔아를 몬 잊고 그랬을 기다."

인애와 물리까지 데리고서 내가 만나려는 사람은 눈곱만큼의 환상도 보태지 않은 신우다. 어쩌면 신우는 나를 까마득히 잊고 살았을지도 모른다. 인생이 구질구질했던 열다섯 살 시절에 스치듯 몇 마디 나누었던 아이, 친구가 물벼락을 맞아도 손톱만 깨물고 섰던 멍청한 여자애쯤으로 정리해 버렸을 수도 있다. 그래도 나는 신우를 만나야 한다. 만나서 직접 해야 할 말이 있다. 열다섯 살 때 하지 못해서 내내 마음에 맺혀 있었던 말……. 미안해, 신우야. 같이 달아나자 해 놓고 너 혼자 보내서 미안해.

캐롤카는 남해 고속도로를 따라 한참을 달리다 옥곡 나들목에서 고속도로를 빠져나왔다. 광양이 가까워지고 있었다. 감진 마을에서 광양까지는 그리 먼 거리가 아니다. 꽃년이가 감진 마을에서 멀지 않은 장터에 있었듯, 동네 친구 물리가 잠옷 바람으로 달려와

주었듯, 내가 마주해야 할 진실들은 언제나 바특한 곳에 있었다. 그것도 모르고 나는 진짜 신우를 만나기까지 까마득한 거리를 더 듬어 왔다.

"신우야."

물리와 인애가 나를 힐긋 쳐다보았다가 고개를 돌렸다. 둘은 나와 신우가 대화하도록 배려해 주었다.

"내가 니 정체를 의심 안 했으면 우린 계속 좋은 사이로 지냈겠지?"

"그걸 말이라 하나?"

신우의 눈빛이 슬퍼 보였다.

"꽃년이도 그랬을까? 같이 떠나자고, 둘이서만 살자고 꽃년이를 장터거리로 끌고 간 사람이 있었을까? 그란데 신우야, 내는 꽃년이랑은 다르다. 진짜로 꽃년이가 내를 낳았다 하더라도 내는 꽃년이와는 다른 사람이다. 부모가 다르고, 자란 곳이 다르고, 보고 들은 게 다르다. 내는 니를 안 따라갈 기다. 내는 막판까지 우리 엄마랑 내 친구들 가까븐 데서 살아갈 생각이다. 그라니까 신우야, 니도 그만 내를 두고 떠나라."

언젠가 환상의 신우를 영영 떠나보내는 날, 나는 울지도 모르겠다. 누군가는 신우를 설명하는 데 도파민, 세로토닌, 노르에피네프린 등 신경 정신과 용어들을 끌어다 쓰겠지만, 나에게 신우는 감각계에 엄연히 살아 숨 쉬던 아이니까. 나는 한때 신우에게 의지했고, 신우를 좋아했고, 이 여름을 함께 보냈다. 환상이 선명했듯 신우를 잃는 기분도 생생할 터다. 적어도 내게는 한 사람을 잃는 느낌 그대로일 것이다. 아무리 씻어 주고 닦아 주어도 늘 꼬질꼬질하던 신우의 두 손도 오래도록 기억에 남을 것 같다.

"박진아, 우나?"

인애가 내 어깨를 흔들었다.

"아니."

"야! 강신우! 여자 울리는 놈치고 잘되는 놈 못 봤다."

인애는 보이지도 않는 신우에게 일갈했다.

"박진아, 자부심을 가져라."

"뭔 자부심?"

"니는 내가 아는 광년이들 중에 가장 유능하게 미친 아다. 헛것을 보고 머리가 오락가락하는 와중에도 스컬리 못지않은 판단력을 보여 줬으니까. 머리에 꽃 단 스컬리! 앞으로도 우리 잘해 보자!"

멀더리안 인애가 두 손으로 내 뺨을 감싸 쥐었다.

"느그 둘! 샘 고맙제?"

물리가 물었다.

"네!"

"그걸 말이라 합니꺼? 우리도 고마운 게 뭔지는 압니더."

"그라믄 내도 부탁 하나 하자. 나중에 내가 캐롤하고 헤어질 때

느그 둘이 좀 도와줬으믄 싶은데."

"우찌 도와주면 되는데예?"

인애가 눈을 반짝였다.

"고마 지금처럼 시끌시끌하게 떠들어만 주믄 된다."

음절 하나하나, 물리의 말 사이의 간극이 우주 공간의 행성들처럼 아득하게 느껴졌다.

아빠가 돌아가신 뒤로 엄마는 하루 종일 텔레비전을 틀어 놓는다. 엄마가 부엌에 있거나 마당에 있거나 텔레비전은 쉬지 않고 혼자 떠든다. 엄마는 그냥 사람 말소리가 좋아서라고 했다. 물리도 그런 나날을 살아온 걸까? 우주 어딘가에 홀로 남겨진 것처럼 적막해서 사람 말소리가 그리운 날들…….

캐롤카의 내비게이션이 목적지가 가까이 있다고 알려 왔다. 이제 거의 다 왔다. 신우가 지척에 있다.

인애가 흥분된 얼굴로 검정 표지 노트를 꺼냈다. 언제 그랬는지 인애는 검정 표지에다 라벨을 붙여 놓았다. 꽃 달고 살아남기. 이 공책이 단순히 내가 미쳤다는 보고서가 아니라 내가 이겨 냈다는 기록이 되길 바라는 뜻일 거다. 인애는 내가 진짜 신우를 만나러 가는 과정을 기록했다.

훗날 인애 파일에 이 여름은 어떤 날들로 기록될까? 또 나의 가을과 겨울은 어떤 기승전결을 맞게 될까? 이거 하나만은 확실하다. 인애 파일의 공유자이자 멀더리안 인애의 파트너인 박진아는 그녀 인생 전반에 깔려 있는 음모들을 끝까지 파헤칠 것이다. 멀더와 스컬리 사전에 좋게 좋게 넘어가는 일 따윈 없으니까. 스컬리안 박진아는 갈 데까지 간다!

나의 우주는 느닷없이 시작되었다.

열네 살, 무작정 집을 뛰쳐나왔던 그 여름밤이었다.

노크도 하지 않고 방문을 열어젖히는 식구들이 못 견디게 싫었던 그 밤,

날벌레들 그림자로 얼룩진 가로등 밑에서 나는,

길 저편과 밤하늘을 번갈아 보았다.

그리고 밤하늘을 택했다.

미련 없이 지구를 떠나 알파 켄타우리로 갔던 것이다.

그곳은 태양계에서 가장 가까운 항성계이자,

두 개의 항성이 공전하는 쌍성계다.

나는 알파 켄타우리 변두리 행성에 작은 하숙방을 구했다.

하숙방을 구하며 내건 조건은 단 하나였다.

노크 없이 방문을 열지 말 것!

다행히 하숙집 주인 외계인은 내 사생활을 존중해 주었다.

나는 두 개의 여린 태양이 뜨는 그 행성과 하숙집 골목을 사랑
했다.

한 달 하숙비는 25페눅스였고, 나는 하숙비를 벌기 위해

보석 세공사 밑에서 허드렛일을 시작했다.

하지만 이건 어디까지나 이야기다.

그날 밤, 나는 밤하늘이 아니라 골목 저편을 택했으니까.

갈 데가 없다는 것보다 가고 싶은 데가 없다는 사실이 더 막막
하던 그 밤,

나는 하릴없이 골목을 따라 걸었다.

그 골목 끝에 익숙한 학교가 있었다.

학교 담벼락 밑에 쪼그리고 앉아서,

알파 켄타우리로 떠난 여자애 이야기를 지어냈다.

그 여자애가 보석 세공사가 되는 장면까지 상상한 다음에야

자리를 털고 일어났다.

집으로 돌아온 나는 야무지게 방문을 걸어 잠갔다.

그리고 좁디좁은 그 방에서 탁 트인 내 우주를 보았다.

누구에게도 방해받지 않는 '나'만의 우주였다.

나는 그렇게 자라서…… 어른이 되었다.

아니, 그런 줄 알았다.

4월 16일의 서해 바다가 있기 전까지는.

그 소식을 접하고서야 나는 내가 어른도 뭣도 아님을 알았다.

살아남는다는 게 이토록 저릿하고 뻐근한 일인 줄도 그때 알았다.

잠이 오지 않고 숨이 막히던 어느 밤, 진아를 만났다.

진아는 뜨겁게 제 우주를 더듬어 갔다.

사람들이 감춘 게 무엇인지 끝끝내 캐물었다.

부끄러운 어른이 되지 않을 아이 같아서, 나 또한

진아를 포기하지 않았다.

진아의 우주는 이렇게 이야기가 되어 나왔지만,

세상에는 무수히 많은 다른 우주들이 있다.

떠나간 아이들의 우주가 있고,

또 맹렬히 팽창 중인 너희의 우주가 있다.

암흑 물질과 암흑 에너지의 아득한 어둠을 가로질러,

반짝반짝 기별을 해 오는 너희에게 이 책을 바친다.
모든 우주는 무르익을 권리가 있다.
살아남아라.
힘껏.

2015년 4월
최영희

창비청소년문학 65

꽃 달고 살아남기

초판 1쇄 발행 • 2015년 4월 17일
초판 7쇄 발행 • 2024년 6월 18일

지은이 • 최영희
펴낸이 • 염종선
책임편집 • 김영선
펴낸곳 • (주)창비
등록 • 1986년 8월 5일 제85호
주소 • 10881 경기도 파주시 회동길 184
전화 • 031-955-3333
팩시밀리 • 영업 031-955-3399 편집 031-955-3400
홈페이지 • www.changbi.com
전자우편 • ya@changbi.com

ⓒ 최영희 2015
ISBN 978-89-364-5665-8 43810